旅行，是為了找到回家的路

新井一二三・第24號作品

如愛的旅行，無法放棄……

新井一二三╳米果

東京VS.台北跨城對談

編按：新井一二三說：「人生重要的事情，我都是在一個人旅行中學到的。」這句話，觸動我們的想像與思維，於是策劃本次寶貴的對話。

米果專注日本現象，她的專欄其高度瀏覽率與回應成為讀者認識日本的指標之一。

希望透過兩位在不同領域的關注與經驗，提供關於「旅行」、「自我」、「追求」、「勇氣」、「行動力」等等面向的建言與分享。

新井一二三（以下稱新井）

日本人，現居東京。以中文寫作的她，對台灣情有獨鍾，活躍於華文創作圈，許多年輕人透過她的作品認識日本。目前在日本明治大學任教。專欄散見台灣自由時報、國語日報、中國時報、聯合報等各大媒體。

×

米果（以下稱米果）

台南人，現居台北盆地邊緣。文字工作者。她回應衛生署長的〈不結婚是神經病你現在才知道！〉一文，讓數十萬名網友拍手叫好。日本三一一大地震後寫的〈日本8.9震災教我們的事〉點閱率更逼近一百萬人次。大田出版作品《只想一個人，不行嗎？》、《13年不上班卻沒餓死的祕密》。個性化的書寫與觀點得到許多讀者共鳴。

Q **對現在的年輕人來說，旅行的氣氛是「壯遊」，是「尋找自我的定位」；而新井一二三在本書說，旅行就像戀愛一樣。請問兩位對於「旅行」與「自我」之間的探索關係？**

米果：二十歲之前，旅行的重點就是「玩」，將自己「置中」景點的拍照模式，還有返國之後的購物戰利品所產生的幸福感，足夠撐到下一次出發，起碼有存錢與累積假期的動力。大概在四十歲之後，旅行比較像是轉換一個地方生活，沒有太多嚴肅的動機，抵達或離開都很平淡，維持那樣的溫度就好。有時候甚至連行前規劃都很隨意，也沒有非吃不可或非去不可的壓力，重複住同樣的旅館或去同樣的地方都沒關係。

比起到遙遠而陌生的地方探險，反而比較喜歡在熟悉的地方散步，沒有時間壓力的走來走去，最好。

新井：年輕時候有條件去「壯遊」是很幸福的事情。我在日本正屬於那幸福的一代。「尋找自我的定位」也是很正面的態度；同一件事，由日本人說來，變為「尋找自我」，這樣就比較麻煩了。因為自我這個東西像一顆洋蔥，不管你剝了多少層皮，永遠找不到核心，反而教你流眼淚的。「定位」倒會是積極的行為；穿穿不同的衣裳、說說不同的對白，然後決定你這輩子要演什麼角色。「自我定位」完成了，下一步就能去找理想的對象。戀愛的本質是對美的憧憬。無論對方是人、物，還是地方，都可以抱有熱呼呼的愛情。我對從葡萄牙經馬六甲、澳門到長崎平戶的「南蠻之路」，有長時間的憧憬，可說猶如戀愛。

對米果說的「反而比較喜歡在熟悉的地方散步」，我有同感，只是這個世界的變化實在很大很快了。有時候，本來打算再訪的地方，過幾年再去，消失得乾乾淨淨，根本就不存在了。例如一九九七年夏天去北京城南，在當年充斥京城的東北菜館之一吃了朝鮮冷麵。那是我這輩子嘗過的冷麵裡最好吃的一碗。可是，沒幾年工夫，不僅那家館子而且整條街都從這地球上消失，令人覺得很失落，好比人生一切猶如幻想。也許，這都可以說是旅遊的樂趣，雖然像說寂寞也是人生味道之一。

米果：關於旅行，我很少想到「自我定位」這麼複雜的問題，應該是說，從來沒有想過吧！（笑～）人生至此，回想起來，好像都過得太簡單隨興了，對於出國旅行，比較期待的是那種「明天可以在其他地方醒來」的興奮感。如果對於人生有什麼改變，大概會因為溝通語言不同，反而會捨棄迂迴或暗示的表達方式，而採取直接簡短的用詞，這是我在日本住了一年，返回台灣之後的最大改變。不過也有可能是因為常常被日本人說，「因為妳是外國人，所以沒關係」，因此就變得沒那麼在意措辭用字吧，真是失禮。

至於，重複到同一個地方旅行，好像快要變成中年過後的症狀了。如果曾經造訪過的地方還維持原狀，會有安心感；若是消失或改變了，也只是看著眼前景色，在內心自言自語：果然，世界是沒有辦法一直維持原狀的啊！

Q 世界的入口究竟在哪裡？這個質問對兩位來說有沒有特殊的發現？而這個發現是否影響自己的未來？

新井：會的。年輕時候，第一次出國旅行，要去什麼地方？這個問題關鍵性地重要。雖然世界的入口處處都有，但是每個人都得選擇自己要從哪裡進去。比如說我，大學時期學中文，去中國留學，遊遍大陸，可說決定了後來的事業。要學外語該趁年輕，因為學生時代的自由時間最多，記憶力也最強。充分利用青春時期豐富的時間，打好了專業基礎以後，不管去哪裡做什麼，都有屬於自己一個人的參照系了，看問題、想事情都有自

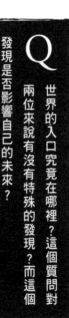

己獨特的角度了。這一切的原點，就是當初看定世界的入口在哪裡。

米果：世界的入口，應該是入籍日本的舅舅送來的禮物，一冊厚厚的日本攝影集，封面是兩張能劇的面具，小時候我看那書封會做惡夢，但是書內照片至今猶然印象深刻。有和服、鯉魚旗、人形娃娃、類似新宿銀座等街道的照片，對我來說，那是另一世界存在的證據，雖然不會講中文或台灣話的舅媽早就是證據了。

不過卡通《摩登原始人》應該也算是入口吧，有一陣子，很想住那樣的房子，穿獸皮圖樣的衣服，曾經幻想過，到底要搭什麼公車才能到摩登原始人的城市去，但那畢竟是卡通啊！

新井：聽台灣朋友們說，由他們看來日本是另一個世界，我都禁不住羨慕他們。因為第二次世界大戰以後的日本人，似乎集體失去了對「另一個世界」的想像力，顯然跟戰敗而被迫放棄之前的殖民地有關係。日本人往往認為廣大外界屬於敵人，所以要出門的時候，心理障礙會很高。但是，要進入「世界」的話，首先非得推開家門不可的。看起來很重的門，其實說不定輕輕碰一下就會開。講回我自己，小時候看外國的少女小說，恨不得變成海蒂去阿爾卑斯山上的爺爺家住，因為在那兒可以蘸著融化的瑞士起司吃麵包片！

米果：其實我一直都有個想法，台灣可能是不斷被殖民統治，不管是原住民還是歷史各個階段的外來移民，起碼都有過「下山」、「渡海」這類的移動經驗，因此體內除了冒險的基因之外，還保有「好奇」跟「隨遇而安」的性格特質吧！但「隨遇而安」之中又有相當成分的不妥協，這是很衝突的部分，但也是優勢吧，譬如遇到西洋臉孔的外國人，或是被外國語言問路時，台灣人就很「雞婆」，比手畫腳，或很愛講「ＯＫ」、「How are you」，然後想辦法找到會說外國語的人來幫忙，好像覺得，讓外國人在台灣迷路是很不應該的事情吧！

但我在日本旅行時，很愛跟長輩問路，可能是會說一些日語的關係，被讚美日文不錯時，會有點得意。

Q 米果曾去日本學習，新井一二三更是遠走高飛十多年後才回到東京故鄉，兩位旅人異地的感受與滋味是生命前輩，如果再選擇一次，會是什麼？為什麼？

米果：如果再做一次選擇，應該還是會去日本生活與學習吧，我這個人比較沒有什麼廣泛而遠大的志向，如果可以執著一個目標，因為喜歡而透徹去理解，感覺是比較有意思的，不是主流也沒關係，越冷門越開心。至今偶爾有種衝動，不如去京都住一個月，或去九州某個安靜的小鎮住幾個星期，而不是拉著行李不斷趕行程。我喜歡透過語言學習與溝通讓對方驚喜與開心，日本好像是最適合的，還沒想過什麼地方可以取代。因為港劇《大時代》或王家衛、許鞍華的電影，曾經想過香港或許適合，但是某些老街景已經不見了，只好作罷。

新井：我不大清楚，人生的路程到底有沒有選擇？印象中，好像眼前始終只有一條路，自己所做的，似乎就是「下決心」這環節而已。不過，年輕時候遠走高飛漂泊世界，是絕對有意思的經驗。若有選擇，我要再走這條路，因為旅行經驗會擴大腦海裡的空間，而讓你真正感覺到自己是世界的一部分。這樣子，活著心裡踏實，自由自在了。就具體的目的地而言，其實想去，可以去的地方是很多的；問題似乎還是在於有沒有機緣。

米果：我覺得年輕時候，好像也沒有考慮太多，出門就出門，那種氣魄會跟隨年齡流失，比骨質流失的速度還要快。我這個人的個性，說起來是很不適合出外旅行的，出發前，想東想西，各種可能遭遇的突發狀況都想過一遍，各種應變的措施都想好，越想越擔心，前一晚就特別想要放棄，可是想到行程取消要支付的成本更高，那就出門吧！但實際出發了，抵達了，事前擔心的種種都沒發生，「什麼嘛，一切都沒問題」！直到旅行結束，都是以這種愉快的態度，對自己的「深謀遠慮」開始得意起來。

不過，有具體想去的地方，到真的實現，這當中的距離，以前是缺少時間和金錢，現在則是缺少去完成的氣魄。所以才說，比骨質流失的速度還要快。

Q 體嘗混血文化，漂泊異國他鄉，請問兩位現在如何看待自己所在的城市與家鄉？

新井：現在我住的地方，離小時候的家，有二十多公里。說遠也不遠，說近也不近，因為我是離家出走十多年以後，重新決定回東京定居的，中間繞了個地球。家鄉從定義上就是既定的，無法選擇，現居地倒是自己決定的。總之，我今天的生活方式，跟小時候非常不一樣了，大概就是曾漂泊他鄉所致吧。早晨煮義大利燉飯吃，中午做擔擔麵吃，晚上把應時的鮮魚切成刺身吃，乃不折不扣的混血文化。今天的東京是國際城市，容易買到各國食品，例如帕馬森乾酪、四川花椒，對混血飲食很有幫助。不過，日本生活最大的優勢還是鮮魚種類多，而我始終最喜歡吃刺身和壽司。

米果：其實我現在過著在台北與台南兩個城市移動的生活，也就同時有返鄉與離鄉的過程，每年至少去日本一次，也是想要溫習返鄉與離鄉的感覺。並不盡然會覺得哪個地方不及另一個地方，喜歡研究類似的風景是不是也有類似的庶民軌跡，譬如新宿歌舞伎町和台北西門町，台南東菜市周邊和台北艋舺三水市場，西武池袋線和淡水線。我喜歡用推理小說讀者的精神去解謎，關於百姓生活的習性與街景變遷的相關性，不管是東京還是台北或是台南，都是解謎的樣本。

新井：即使都在東京，每個社區的生活方式，也有各種各樣的。這可以說是公開的祕密；注意到的人不很多。所以，我覺得，無論在哪裡住，旅人的眼光很有用。什麼事情都不要以為是當然的，其實變數很多，變化的可能性則很大了。

米果：對了，我覺得有異國旅行或生活的經驗之後，吃食習慣就變成思念的另一種格式，譬如，我會用柴魚或昆布來做湯底，夏天很愛吃涼的素麵；知道傳統日本米糠醬菜的心意之後，自己也想要有個醬菜缸，每天早晨挽起袖子，親手攪拌一下。

對於香港的思念，則是魚蛋米粉跟蝦仁腸粉與腐皮捲。以前我讀過新井的書，提到在香港北角一間老派理髮廳剪頭髮的事情，後來我去香港恰好住在北角的旅館，有一天，在那附近走來走去，想要出其不意跟理髮廳相遇。我覺得閱讀或電影戲劇的場景，也是很好的旅行動機。

Q 米果對日文的情懷，以及新井一二三對台灣的愛意，有目共睹。如果讓兩位交換一次旅行的所在，最先抵達的目的地是哪裡？為什麼？

米果：很想推薦新井來台南小住幾個月，尤其是台南城內，許多老派人家還保有日本時代的習慣，譬如戰前受日本教育的長輩，出外還是習慣戴那種很有設計感的帽子；就算去巷口吃冰喝涼水，也會穿襯衫、西裝褲或早期跟裁縫訂製的洋裝。小巷或街邊建築仍有昭和或大正時期的風味，一些做生意店家還維持早年日本商社的風貌，尤其在城內民權路一帶。

新井：大概要拿著村上春樹的小說做文學散步了。在東京四谷站下橙色中央線電車，從上智大學操場起，沿著護城河一直走，那就是《挪威的森林》裡，渡邊和小林綠雙雙散步的一條路。小說中的渡邊和現實中的村上，早稻田大學一年級時候住的宿舍，至今還在東京目白。從山手線目白車站前坐開往新宿西口的巴士，在椿山莊飯店前下車後，朝九州諸侯細川家的私立博物館永青文庫的方向走，途中經過的和敬塾就是了，如今有很多外國留學生住。還有《海邊的卡夫卡》開頭出現的野方，從新宿坐十多分鐘的西武線電車就可抵達；那兒也是早稻田學生常住的地區。

米果描述的台南，好比是電影裡面的小城，有超越時空的感覺，我好想去小住。「去巷口吃冰喝涼水」，不是很奢侈的生活方式嗎？現在的東京沒有，但好像從前的東京有過吧？或者那是我在小津安二郎電影裡看過的嗎？

米果：新井提到的渡邊與小林綠的散步路線，其實我走過一小段呢，不過那是預期之外的迷路，走在其中，才想起來，不就是那條路嘛！

這讓我想起以前住在江古田，學校在新宿，其實只要搭西武池袋線轉山手線就可以了，可是我討厭擁擠的電車，所以執意從江古田搭乘都營巴士「白61」去新宿，那條公車路線就會經過學習院大學、椿山莊、鬼子母神。

有個氣溫很低的冬日早晨，發現巴士行經的路線旁擠滿媒體採訪車，事後才知道那是田中角榮的住家，那天是他過世的大新聞事件，感覺歷史擦身而過。

提到小津安二郎的電影，我覺得台南某些老街巷弄依然有昭和時代的生活縮影，甚至有些長者的打扮屬於昭和時尚款式，這大概是會與小津的電影產生連結的原因吧。我看小津的電影復刻版，看到穿著西裝的男子，會有看到父親年輕模樣的感覺。

自序
一輩子的旅人

我勸年輕朋友們趁年輕多去旅行，也勸上了年紀的各位，趁身體健康多走幾個地方。

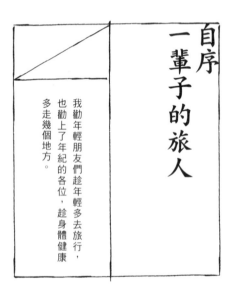

在《獨立，從一個人旅行開始》裡，我寫過從十五歲起，一個人旅行去國內、國外各地的經歷。後來很多次，被人問我：那，學校畢業，出社會以後呢？結婚，生孩子以後呢？妳現在是不是沒有了以前那麼多自由時間去旅行？

每次，我都要盡力說明：過旅人生涯，並不需要每年出國旅行的，所需要的，首先是對遠處的憧憬，想發現另類生活的渴望，年輕時曾不怕孤獨出過門的記憶。這樣子，擁有了旅人精神以後，就能過一輩子的旅人生涯了。好比學會了一門外語以後，能過一輩子的雙語生活一樣。

果然也有人問我：妳在日本住，平時有機會講英語、漢語嗎？我都要盡量說明：語言能力，或者其他任何知識，別人都無法偷走的。我腦子裡，除了母語日語以外，一直有英語、漢語；即使每天的生活中，見到的全是日本人，打開電腦，就能看到世界各國朋友的消息。

尤其臉書普及了以後，終於能夠在同一個平台上，用多種語言交流並發出消息了。以前，我認爲：世界的大小是自己腦袋的大小決定的。如今看臉書，我頗有感覺：很像是自己的腦袋投射出來的影像；朋友們寫著日文、中文、英文、法文、西班牙文。也有人寫著我無法確定到底是什麼語言的短文。

那是個波斯尼亞出身的文學博士，在德國大學教書，來日本大學當訪問學者的時候，我們彼此認識。因爲她女兒插班進入了我兒子當時上的小學班級，班主任每天發行的班報裡寫著什麼內容，我一一翻成英文轉告她了。例如，夏天啓用學校游泳池以前，同學們要抓濁水裡的水蠆，然後帶回家各自飼養，記錄變化。水蠆是什麼東西，我本來都不知道的，何況用英語怎麼說。幸虧小孩子告訴我說：水蠆就是蜻蜓的幼蟲。那該是baby dragonflies了，沒錯吧？關鍵在於，班主任要提醒各位家長：爲了抓水蠆，同學們需要帶雨靴來。波斯尼亞博士又糊塗了：游泳池裡抓蜻蜓嬰兒，我懂了，可怎麼要穿雨靴呢？日本人游泳不穿涼鞋，要穿橡膠製長靴嗎？於是我給她解釋：沒錯，就是橡膠製長靴，因爲日本學校的戶外游泳池是早一年九月用完之後，好幾個月都沒做清潔的，就是在那濁水裡，蜻蜓生下的蛋孵化成水蠆，老師不忍心叫孩子們穿著運動鞋在濁水裡活動，所以特地提出帶雨靴來。啊啊，原來如此！波斯尼亞博士終於明白了。可惜，她也沒有遠從德國帶孩子的雨靴來日本。

如今她回到德國，臉書上寫著德語、英語以外，還有我無法確定的語言，該是波斯尼亞語言吧，好像以前叫做塞爾維亞——克羅埃西亞語的，現在叫什麼了？每次，看到那無法確定的語文時，我就回想起游泳池裡孵化的水蠆來，自我娛樂一番。那感覺很像旅行，我和她又似是在叫做人生的旅途上偶爾碰到的兩個旅人。何況她說，德國住家的廚房牆上，一直貼著跟我們一家一起去東京西部御嶽山時拍下的照片。

這本書裡，我主要寫了，學校畢業、出社會、有工作、成家生育以後，如何繼續做旅人。第一章〈尋找世界的入口〉裡討論，培養了旅人精神後，閱讀、美食都會帶來類似於旅行的滿足感。一直關在飯店裡，也會留下跟一趟旅行一樣多的回憶。第二章〈東京旅行故事〉中的文章更要證明：日本國內，甚至東京市內的移動也都會成爲印象滿深刻的旅行經驗。我也想通過第三章〈旅行家的飯桌〉給各位讀者介紹，如何把旅行經驗融入於日常生活，把每天的日子當旅行過下去。

年輕時候的旅行會像參觀世界博覽會，拿著「護照」要收集盡量多的入境印章；年紀大了以後，卻能享受到重遊舊地的滋味。或者如我在最後的第四章〈獨特的旅行一冊：日本人的南蠻情結〉裡實踐的，把幾個曾遊之地的記憶縫合起來，做成自己獨特的旅遊回憶。

總之，我特愛旅行，也很珍惜過去的旅行留下的記憶。因此，我勸年輕朋友們趁年輕多去旅行，也勸上了年紀的各位，趁身體健康多走幾個地方。如果你現在的條件不允許出門旅行的話，我希望你能通過閱讀或品嘗美食等，盡量享受這一趟人生之旅。畢竟，我們都是走同一條路的旅伴呢。

卷壹

尋找世界的入口

尋找世界的入口

——二〇一二年三月上海復旦大學演講稿

只要認真尋找世界的入口，你一定找得到世界。因為世界本來就屬於大家，世界也就屬於你。但是為了進入世界，首先你得一個人離開家。

0

今天，我演講的題目是〈尋找世界的入口〉。我這麼說，你也許覺得奇怪。到底是什麼意思？我們不是都早已經生活在世界上了嗎？怎麼還需要找個入口呢？

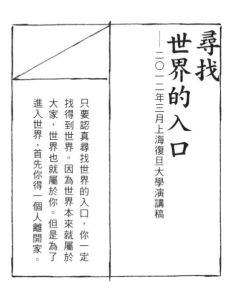

1

我在日本東京長大。對小時候的我來說，世界是很遙遠的地方。世界是美國，世界是歐洲，都是在電視旅遊節目裡能看到，但是我身邊沒有人去過的地方。

講語義的話，世界是包括地球上所有國家和地區以及男女老少全人類的，當然也應該包括日本在內。可是，當年住在東京都新宿區的小巷裡，我的活動範圍特別小，跟大世界簡直沾不上邊似的。如果有人告訴我，你也是世界的一分子，恐怕我以爲他是個騙子。

從我家到學校，新宿區立淀橋第四小學校，走路不到三分鐘，而且巷子特別窄。窄到什麼程度呢？兩個行人擦肩而過，都需要側身的。有一次我家對面的同學家房子失火，但是救火車開不進來，只好把消防水管放得很長很長，花好幾個鐘頭才滅了火。那是我小學二年級的冬天，已經幾十年過去了，可是心中的不安至今記憶猶新。

那一帶密密麻麻蓋的木造房子，都是平房或者兩層樓，包括我自己住的家。有些大機關，如當年的日本國鐵或者日本銀行，爲職工家屬蓋的宿舍是四層樓的水泥公寓。那是附近最高的樓房，由我看來夠氣派。所以，我的世界不僅很小，而且很矮。

下課回家以後上河合樂器的音樂教室、書法班、珠算班，都是在走路五分鐘的範圍內。有時候，替母親去買東西，也都在家附近個人開的蔬菜店、麵包店、鮮肉店、南北乾貨店。

平時去最遠的地方，也不過是同一個學區裡面的一些朋友家。路上要經過一條大馬路叫大久保通，有個紅綠燈的，看右看左後走過馬路，對當時的我來講，是最大的冒險了。

2

我懂事的時候，家裡已經有一輛車。到了週末，父親會開車帶我們去東京郊外的河邊、海邊、山區等等。講距離的話，大概每一趟都有上百公里吧。但是，我並不覺得我的世界因此而擴大了多少，因爲我自己只是坐在父親開的車子裡，並沒有離開父母提供的環境。我從小就相信：有自由的地方才稱得上世界。電視節目裡出現的外國人都顯得好快樂，好自由自在。否則的話，我也不會幻想：長大以後一定要去闖世界。

有幾次，我自己去過住在東京東部的姥姥家，是大約一個小時的旅程。單獨一個人出門，坐電車看窗外的風景。那感覺很自由，討人喜歡。我從小就喜歡鐵路多於汽車。因爲鐵路上有別人，有社會。

3

我小學三年級的時候，一九七〇年的暑假裡，父親開五百多公里路的車子，帶我們去大阪參觀了世界博覽會。那是在一九六四年的東京奧運會以後，全日本都好期待的國際性活動。許多人從東京坐剛開通不久的新幹線去了大阪。我也好憧憬據說跟子彈一樣快的新式列車。但是我家孩子多，那年老五弟弟正在母親的肚子裡。坐新幹線去，會很麻煩，費用也會非常貴。所以我們還是塞在父親開的小車子裡去了。

夏天的大阪特別熱，只比夏天的台北好過一點點而已。那年，大弟弟四歲，妹妹還不到兩歲，母親挺著大肚子，一家六口子排隊參觀一個一個場館實在不容易。可是，我們手裡有一人一本所謂的「世博會護照」，是進一個場館就給你蓋一個印章的，和眞正的護照上蓋出入境圖章一樣。我恨不得拿那本護照，到各個國家的場館去收集更多的印章。比我大兩歲的哥哥，從小跟我性格完全不同，乖乖的，就沒有那種欲望。父母拿我沒辦法，叫我自己去逛會場。我會看看哪個場館外邊的人龍比較短，容易進去。反正，我感興趣的主要是不同國家的印章，而不是裡面的展覽，所以去哪個場館並不重要。

4

就那樣，我自己進入了一個東歐國家的場館，好像是匈牙利的。裡面有什麼展覽，我一點都不記得了。卻至今忘不了，那場館裡賣著一種食品，是當地風味。我特想嘗一嘗，所以跟母親要了錢，買來吃。上面有白色的醬，看起來像生日蛋糕上的鮮奶油，可是吃起來一點也不甜，反而是酸酸的。現在回想，應該是酸奶油（sour cream）吧，可當時的我就是吃不慣，非得偷偷地扔掉，因爲生怕母親知道了以後會罵我浪費錢。沒有錯，我是浪費了錢。但我是被它的異國情調所吸引，就是想嘗一嘗，結果吃不慣都心甘情願，因爲吃不慣的東西更加充滿異國情調。

那天，我似乎生平第一次摸到了世界的門。那兒是沒人排隊的冷門場館，賣的食品味道很奇怪。可是，一個人站在微暗而稍冷的屋子裡，我暗自感到興奮，好比發現了父母都不知道的祕密。

世界的入口在哪裡？我大概是那個時候開始尋找的。

5

上了初中以後，我看了許多日本人寫的旅遊文學。也許跟大阪世博會上的經驗有關吧，對大家想去的美國、英國、法國等，我始終不大感興趣。反之，相對少有人去的地方，如東歐、西班牙，還有南太平洋上的島嶼新喀里多尼亞等等地方，會刺激我的旅遊夢想。

不過，無論如何夢想，當時的我是沒有條件去國外的。一九七〇年代的日本，出國旅遊剛開始流行。但那是新婚夫妻去度蜜月，或者考取獎學金去留學，又或者農民賣土地忽然發了財等，在種種特殊的情況下才可行的大事業，而並不是小孩子說了父母就會答應的事情。所以，我初中時候的初步計畫是：盡量在日本國內去單獨旅行。我深信旅行會打開世界的門。

6

從高中一年級開始，我每逢學校假期，都買當年日本國鐵的周遊票，並預訂青年旅社的床位，去單獨旅行一個星期。

第一次旅行的目的地是日本海邊的金澤市和能登半島。我從小在日本東南部的太平洋岸上長大，之前沒看過西邊夕陽下去的大海。日本海那邊有朝鮮半島和中國大陸。哎，那想像叫我多麼興奮。日本是島國，除非過海，我們是出不了門，到不了國外的。半島是在島國裡面，最接近世界的地方。我從此對半島情有獨鍾。

高中畢業以前，我去了總共五、六次的單獨旅行。只有一次，和一個女同學一起去了日本最大的湖泊琵琶湖。結果，我覺得沒有單獨旅行好玩，因爲單獨旅行才能夠眞正離開平時的生活、平時的自己，也能夠嘗到孤獨的滋味。在沒有人認識我的環境裡，試圖扮演跟平時有所不一樣的自己，或者稍微調整一下原有的個性，我認爲那才是旅行的樂趣。所以，去哪裡並不重要的。但有朋友在身邊，哪好意思臨時改變人格？人家會以爲我不是騙子就是神經病了。

平時的生活是在父母給予我的環境裡進行的。離開那環境意味著我會進入另一個世界。但是，世界的入口究竟在哪裡？

7

我生平第一次出國是大學二年級的夏天，到北京參加了四個星期的漢語進修班。那是早稻田大學中文系的同學們通過旅行社，跟北京華僑補習學校聯繫而策畫的節目。我算是經老師介紹，付錢參加了一個旅遊團。

一九八二年的北京，跟當年的東京很不一樣，和現在的北京也是完全兩回事了。不過，對我來講，關鍵在於中國是外國，也許通往世界。

在眾多國家裡面，怎麼選擇去了中國？最直接的原因就是早一年春天上大學的時候，作爲第二外語，我選修了漢語。那究竟爲何選擇了中文？是因爲我覺得中國很親近，也因爲我覺得中國好遙遠。大概「遙遠」的感覺更加重要，畢竟我尋找的是世界的入口。

關於一九八二年夏天在北京的經歷，我在《獨立，從一個人旅行開始》那本書裡有一個章節專門講述，所以在這兒不贅述了。總而言之，那四個星期的經驗，對我有了非常大，可以說是關鍵性的影響。所以，我勸所有年輕朋友，若有機會一定要去國外。

在許多忘不了的經驗裡面，最重要的大概是，有一天晚上，我去北京火車站看見了一班列車正往莫斯科出發。那個時候，我深刻體會到了：中國是歐亞大陸上的國家。從北京出發，可以通過西伯利亞平原到莫斯科，在那兒換車，就能去柏林、巴黎、羅馬、倫敦、阿姆斯特丹。那晚，目送著國際列車，我由衷受了感動。就是在那刹那，我發現了世界的入口。

8

世界的入口，當然並不限於北京火車站的國際列車站台。我估計，其實任何地方都可以成爲世界入口的。例如，我丈夫說，他在台北萬華找到了世界的入口。萬華只是一個繁華區，使那兒成爲世界入口的，不外是他自己在那兒的某些具體經驗。我當時沒有跟他在一起，所以不知道到底發生了些什麼事情。可是，我還是能想像：一個人，一個年輕人，生平第一次眞正離開自己從小熟悉的環境，到一個完全陌生的地方，經驗之前想都沒有想像過的事情。那時候在他面前，一個完全新的世界打開門。或者你至少看得到世界入口的把手了。

世界上有很多不同的國家、不同的語言、不同的民族，我們從小就聽說過。然而，不是在書本上、不是在電視上、不是在銀幕上，而是在現實中，自己親身體會到的時候，你大概才會看到世界的入口了。

9

從前的人，因爲交通工具沒有今天發達，一般沒有條件去國外旅行。但是，有不少人還是通過旅行進入了世界。

比方說，日本十七世紀的江戶時代，有一個俳人，即俳句詩人，叫做松尾芭蕉。他是歷史上最有名的俳人，甚至有俳聖（俳句聖人）的別名，估計很多人都聽說過。芭蕉四十五歲的時候，帶著一名徒弟，往日本本州島北部，也就是在二〇一一年三月十一日的大地震中嚴重受災的東北地區徒步出發，然後花上七、八個月時間，總共走了兩千四百公里路。那趟旅行的紀錄以《奧之細道》（有中譯叫《奧州小道》）的書名出版，成爲松尾芭蕉的代表作，也是日本紀行文學的代表作。

芭蕉這個人挺有趣的。他本名叫松尾宗房，做了俳人以後，改名爲松尾桃青。他三十六歲的時候，到江戶即今天的東京，在一個叫深川的河邊小村子蓋小屋，獨自住下來了。有一天，一個徒弟送給了他一株芭蕉。誰料到，那株芭蕉就在他院子裡繁茂起來了。芭蕉這種植物，一般是在熱帶、亞熱帶地區繁殖的。他徒弟帶來的一株，估計是有人從琉球，也就是今天的沖繩帶過來的。總之，由日本人，尤其是十七世紀的江戶人看來，它充滿著異國情調。他生性愛旅行，對異國事物的憧憬特別強烈。所以，在自己的院子裡有熱帶植物繁茂起來，感到非常高興，從此自稱爲松尾芭蕉了。

松尾芭蕉寫的《奧之細道》收錄於日本中學的古文課本，對書中的文章和俳句，許多日本人都相當熟悉。序文是這樣開始的：月日是百代過客，流年又是旅人。這一句話表達的思想，其實不是他的獨創，而是取自中國唐代的詩人李白的〈春夜宴桃李園序〉。李白寫：夫天地者，萬物之逆旅；光陰者，百代之過客。逆旅是旅館的意思。所以，李白是說：世界是萬物的旅館，時間則是永遠的旅人。

江戶時代的日本文人對中國古代文學的造詣相當深。他們是把唐詩、宋詞當世界古典鑒賞的。松尾芭蕉的不少俳句也引用了李白、杜甫等的作品。除了序文開頭以外，《奧之細道》中還有一個特別有名的俳句作品：夏草萋萋，武士長眠留夢跡。那也是根據杜甫〈春望〉的「國破山河在，城春草木深」而寫的。

芭蕉一輩子做了好幾次旅行，雖然都是在日本國內，但是他的思想卻超越了時空的限制，跟唐朝時期的李白、杜甫相應。顯而易見，文學作品會成爲世界的入口。也不僅是文學作品，應該可以說，任何形式的藝術以及宗教等，都會提供世界的入口。

10

儘管如此，我還是想強調旅行的意義，旅行的有效性。李白之所以把世界比作旅館，把時間比作旅人，跟他自己的旅行經驗一定有關係。芭蕉之所以把歲月比成旅客，也是他自己控制不住漂泊之欲望，正要啓程的時候。

十八世紀英國的貴族，讓孩子讀書完畢以後，最後送到歐洲大陸的義大利、法國等地方去旅遊了幾個月到幾年，叫做Grand Tour或壯遊，算是教育性的成年禮。可見，旅行對個人成長的意義，早就是世界公認的。

11

我們爲什麼要尋找世界的入口？或者說，通過那個入口，我們究竟要到達什麼地方？

這裡我想舉一個例子。十七世紀的松尾芭蕉居住的地方，也就是今天的東京都江東區深川，二十世紀又出了一個重要文人。他叫川田順造，是位著名的文化人類學者。他把結構主義大師克勞德・李維史陀的《憂鬱的熱帶》翻譯成日文，自己又花了很長時間在非洲做了田野調查，從巴黎第五大學獲得了博士學位。

我最近看了他兩本散文集《從江戶＝東京的下町——往被經歷過的記憶之旅》和《母親的聲音、河流的味道——圍繞著一個幼年和未生之前的記憶之斷想》頗有感觸，因爲這位大知識分子說，他選擇文化人類學這門專業，並且去法國、非洲做多年的研究，最初的動機就是想要遠離自己的背景。

十七世紀松尾芭蕉曾居住的深川，位於離德川幕府所在的江戶城，也就是今天日本天皇住的皇宮，隔了一條河的地方。當地居民是各行業的匠人、工人、商人或者漁民，換句話說是堂堂正正的良民、老百姓、庶民，但都不是壟斷統治階層的武士。

江戶時代的日本是封建社會，有士農工商的身分制度。十九世紀的明治維新以後，則把原來的武士階層封爲貴族。到了一九四五年第二次世界大戰結束，由美國代表盟軍占領日本，才取消了身分制度的。深川居民是追溯到十七世紀的老江戶，是他們把江戶城的庶民文化繼承過來的。但是，住在河西台地上江戶城裡的武士、貴族、官員等，對於河東低地的居民一直保持看不起的態度。

這條河現在叫做隅田川，江戶時期則叫大川。河西的台地叫做「山手」，河東的低地則稱爲「下町」。海拔的高低跟居民的地位，呈著正比例。一九二三年東京大地震的遇難者，一九四五年東京大空襲的受害者，都主要是下町的居民。因爲那裡海拔低，容易受水災以外，由於木造小房子密集，一旦發生火警就容易延燒起來。

12

一九三四年出生，畢業於日本最高學府東京大學的川田教授，曾經年輕的時候，對自己的家庭背景有劣等感、自卑感，所以離鄉背井去歐洲、非洲各待了七年。在熱帶大草原上，跟當地人生活在一起，學會他們的語言，吃喝跟他們的一樣的東西，然後才能夠研究他們的神話。那無疑是一段很困難的過程，但久而久之，還是適應過來了。文化人類學者說，他眞正沒想到的是，好不容易適應了之後，非洲式生活變成了日常生活，當初那麼充滿異國情調的種種細節，都逐漸失去新鮮感，不久就要進入司空見慣、見怪不怪的境地了。

這個時候，他想起來了自己曾嫌棄的東京下町深川的庶民文化，個中獨有的味道和質感。於是回到久違的故鄉去，開始訪問老鄰居、父母的老朋友等。那樣子，他發現了自己兒時那麼熟悉，但青年時期故意丟掉的江戶市井文化，包括傳統音樂、民間信仰、眾多節日等等，都跟著過去幾十年來日本人生活方式的現代化、都市化、西方化而幾乎消失了。

今天的東京居民，大多是自己或父母一代才從鄉下搬來東京住的。相比之下，川田順造是第八代的老江戶，再說在巴黎受過文化人類學的訓練，也有在非洲做田野調查的經驗。所以，當寫起東京深川的歷史和文化時，他的雙眼似乎望遠鏡和顯微鏡兼備，既有理論的框架又有感情的基礎，令人佩服不已。

不過，由我看來，最難得的是，曾經對故鄉感到自卑的文化人類學者，在異鄉過了許多年以後，不僅克服了當初的劣等感，而且重新發掘了對故鄉深厚根本的愛。人去旅行，爲的不外是回來。旅行的最終目的地始終是最初的出發點，即故鄉。否則的話，那不叫做旅行了，該稱爲自我放逐。我估計川田順造在非洲的大草原上發現了世界的入口，從那裡進去，他踏上了回到自己家鄉之路。

13

講回我自己吧。二十歲的夏天，生平第一次出國，在北京火車站國際列車月台發現了世界入口以後，我決定正式去中國留學，在北京和廣州共讀了兩年書。更重要的是那兩年裡我也不停地走了大江南北：從北京往東北，到內蒙古、甘肅省，沿著絲綢之路去新疆，然後從青海越過海拔五千公尺的高山到西藏拉薩，從雲南經過四川下長江，去了湖南、湖北，從浙江又沿海往福建、廣東南下，一直到海南島三亞的天涯海角鹿回頭。中國給了我很多很多次旅行的機會。

我的中文就是往大陸各地的旅途上，通過跟來自各地的中國旅客日復一日的交談學到的。兩年的留學完畢後回來日本，但是漂泊慣了還想漂，於是接著又去加拿大、香港，前後過了十二年的海外生活。中間也去了美國、英國、法國、瑞士、葡萄牙、荷蘭、奧地利、捷克、匈牙利、古巴、越南、新加坡等等地方旅行。

就是在那漫長的旅途上，我逐漸跟那個不知天高地厚但恨不得闖世界的小女孩告別，踏上了成人之路。過十多年回到日本的時候，親朋好友都還記得我，但是我已不記得從前的自己了。

14

小時候住在東京，路是窄的，房子是矮的。現在住在東京，路是寬的，房子是高的。東京變了，我也變了。人生最重要的一些事情，我都是在一個人旅行的路途上學到的。

只要認眞尋找世界的入口，你一定找得到世界。因爲世界本來就屬於大家，世界也就屬於你。但是爲了進入世界，首先你得一個人離開家。出了一個門以後，才能入另一個門。這是肯定的。不用怕。人去旅行，爲的是回來。我認爲，只有旅人才能眞正找回故鄉，並用雙手緊緊擁抱它。

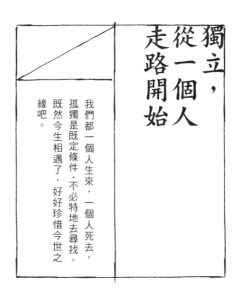

獨立，從一個人走路開始

我們都一個人生來，一個人死去，孤獨是既定條件，不必特地去尋找。既然今生相遇了，好好珍惜今世之緣吧。

二〇一二年三月，我去上海復旦大學、北京大學演講，題目是〈獨立，從一個人旅行開始〉。北大的聽眾裡，有位斯文的中年先生，當我講完之後，舉手發言道：本人小時候沒有條件去旅行，但是天天一個人走很遠的路去上課，日復一日上學回家的路途上，想了很多事情，包括自己將來的志願和理想；久而久之，果然也磨練出獨立的人格來了，也就是說，「獨立，從一個人走路開始」。我很受感動，因爲本人也一向認爲，旅行的眞諦不在於去哪裡、看什麼，而在於用自己的兩條腿走路，用自己的兩隻眼看世界，活出跟別人不一樣，獨一無二的人生來。

旅遊團VS.單獨旅行

很多人參加旅遊團，跟著導遊走，往往也只通過遊覽車的玻璃窗戶看見名勝古蹟，結果每個地方留下的印象很模糊不清楚。比方說，我父母有一次去了義大利十天，乃坐遊覽車從北到南縱貫靴子形半島的。回來後，我問了母親：去了哪裡？看了什麼？她若無其事地回答說：不就是一個又一個寺院嗎？

父母晚年很喜歡去海外旅行，把同一個旅遊團的團友們稱爲「旅友」，回國後經常舉行「旅友會」。有的是他們在加勒比海坐周遊觀光船認識的「旅友」們，有的是他們在阿拉斯加看極光時候交的「旅友」們，定期重聚談到的其實不是對旅遊景點的回憶，而是在他們的旅遊團裡發生的小事件，例如帶女朋友坐上豪華船的日本黑社會分子，因爲對她動了手，被船員逮捕而給關在船上的牢裡了。那件事，他們每次都談得津津有味。顯然對父母來說，多交「旅友」才是旅行最大的樂趣。關於「旅行」的觀念，我們兩代之間有很大的分歧。

穿越孤獨

對我來說，旅行是非常個人化的活動。尤其從十幾到二十幾歲的時候，一個人到處旅行嘗到的種種滋味，雖說酸甜苦辣均有，但是百分之百都回味無窮，最後全成了人生田地的高營養肥料。經常有人問我：妳一個人旅行不寂寞嗎？當時我都回答說：我倒特別喜歡那單單一個人走世界的感覺呢。

然後，過了三十歲關頭，在又一次的個人旅行上，我忽然感到了前所未有的孤獨。那年我三十二歲，即日本人俗稱「女厄年」的虛歲三十三，地點則是越南河內。在一家小飯館裡，單獨吃著便餐，我忽而覺得：再也沒有力氣去一個人面對大世界了。

那個飯館是大名鼎鼎的英文旅遊指南書《Lonely Planet》介紹的，備有英文菜單，主要爲外國遊客服務。果然在每個小桌邊都坐著跟我樣子相似的外籍單獨遊客，而且都吃著飯翻看《Lonely Planet:Vietnam》。那刹那，好比在我眼前，戲法突如其來亮了底：我們的路程、我們的伙食、我們對整個國家的印象，豈不全是那本叫《孤獨行星》的英文書設計好的嗎？這樣子，跟我父母參加的旅遊團有什麼不同？

我之前把自己當作一個資深的獨立旅人。然而，實際上，只不過是參加看不見的旅遊團叫「孤獨的行星們」的！具有諷刺意義的是：當我發現了表面上很孤獨的「行星們」，其實一直給那本小書當導遊兼保母的時候，眞正的孤獨感才襲擊了我。也許世上有很多事情，說穿了就像「魔法」：自己以爲目擊了奇蹟，實際上是人家戲法變得好，或者自己閉著一隻眼不願意看到眞相罷了。

爲了從掃興的現實避開視線，我匆匆去飯館附設的商店，購買了當地盜版影印的英國作家格雷安・葛林作品，乃以越南爲背景的反戰小說《沉靜的美國人》。後來，坐火車南下往西貢的路上，我一直埋頭看那本書，雖然有幾次注意到了：不遠處坐的外國背包客也看著同一本書，而且都是影印後做了粗糙裝訂的盜版本。

旅途上看以當地爲背景的書籍，會起兩方面的作用。首先，書本會增加我們對當地歷史、文化等的理解，使旅遊經驗深化，也更「個人化」，絕對可以說是正面的。例如，在捷克首都布拉格看米蘭・昆德拉的經典小說《生命中不能承受之輕》、在東京早稻田看村上春樹的愛情小說《挪威的森林》、在義大利翡冷翠看當地出身的但丁寫的史詩《神曲》等，絕對在讀者腦海裡把當地印象刻得更深、更難忘。只是，看書的人不能同時觀察四周的環境，也不能向行人微笑點頭，以此開始跟當地人搭話而通過自己獨特的經驗去理解一個外國城市。換句話說，書本也會成爲我們跟周遭現實之間的障礙，因爲看書等於用態度來告訴別人：請勿打擾。

後來，我去哪裡都不能不帶書本了。去新加坡就看毛姆的南洋系列短篇小說集，也不忘趁機去作家常光顧的萊佛士酒店「長吧」點一杯「新加坡司令」雞尾酒；去台北則帶白先勇小說集，也逛逛當時還未改名的新公園。那樣子，感覺猶如穿越到故事裡頭去，看書看得很有味道。

人文旅行的滋味

旅遊通過書本、電影、音樂作品等認識的土地是挺過癮的活動。例如，去倫敦找找名偵探福爾摩斯住過的房子，相信很多人都會覺得很好玩。在紐約找找伍迪・艾倫電影《曼哈頓》的場景，對一個美國電影迷會成爲一輩子難忘的金牌回憶。

對我一類的華夏文化迷來說，在上海舊法國租界尋找張愛玲曾住過的公寓、在台灣南澳訪問黃春明小說和王童電影《看海的日子》之場景、在香港淺水灣站在韓素音小說改編的好萊塢影片《生死戀》（日譯是更浪漫的《慕情》）之背景，或者去中環、尖沙咀尋找王家衛電影《重慶森林》裡頻頻出現的戶外手扶梯、王菲跳著舞賣三明治的蘭桂坊「深夜快車」快餐店，以及迷宮般的重慶大廈裡充斥的印度咖哩店等等，都會是像跟夢中情人的一次約會一般令人難忘的經驗。說實在，當年我旅居香港選擇住皇后大道東的原因，就是要把羅大佑的同名歌曲當作那一段時間的主題曲。

世界上也有不少地方欠缺跟當地相關的文學、影視作品等。比方說，我去香港之前住的加拿大多倫多，擁有「北方好萊塢」的美名，因爲不少美國片子其實都在那兒拍攝的。可是，在完成後的影片裡，多倫多每次都變成美國某地而幾乎消失於現實和虛構之間，唯獨其名字出現在結尾字幕上得到鳴謝。就是因爲如此，對多倫多人來說，當地出身，世界有名的已故鋼琴家顧爾德留下的種種傳說非常重要，雖然其中大部分是關於他的怪癖，例如連酷夏上街都老戴著手套。當我最後離開那座「北方好萊塢」的時候，也沒有忘記把顧爾德灌的巴赫作品〈郭德堡變奏曲〉之CD好好塞在皮箱裡，作爲在寂寞的北國消耗了六年半青春歲月的紀念。後來，我無論身在何方，只要放那張CD就想起在多倫多過的日子來。

曾經年輕時候走世界，我總是瞪著一雙眼睛，興致勃勃地期待窺見另一個世界的機會。例如，我二十一歲的年底，一個人從東京去上海旅行，在南京路的華僑飯店咖啡廳交上了些當地朋友。其中之一帶我去的家，乃二十世紀初蓋的西式公寓，經過文化大革命的混亂，當時呈著大雜院狀態，連廚房都是共用的，所以屋子裡要燒水得用鎳鉻線如蛇一般盤繞的電爐子。我後來有機會看上海老電影，腦海裡時常浮現那天在沒暖氣的房間裡水壺冒出白色蒸氣的模樣。也就是說，年輕無知時候的經驗，後來以老電影爲酵素，結晶成了一幅畫兒，在我的記憶裡沉澱下來了。

當然，在人生地不熟加上時間有限的旅途上，匆匆交朋友的風險該說不低。好在「年輕不懂事」也會很奇妙地起嬰兒免疫的作用。所以，健康的年輕人遇難的機率應該比已經開始衰老的中年人低很多。我在旅途上，要把自己的視線從現實轉移到文藝作品上，似乎跟年紀漸大，免疫開始失效有關係。

前些時候，有個外國朋友揹著背包來日本單獨旅行半個月。不愧爲中年文化人，朋友看過的書、電影都可不少，結果去哪裡都是川端康成、三島由紀夫小說，或者是小津安二郎影片的背景。聽他講講旅途上的所見所聞，很像電影裡面發生的事情，很令日本書迷羡慕；至於他接觸到當地人的機會，卻基本上限於便利店收款處、吉野家櫃檯和民宿前檯了。中年背包客充滿書香，卻有意無意地迴避面對危險或不愉快的現實。當然，那可叫做成熟沒錯。

很久很久以前，我年紀還很小，未能去旅行的時候，特別愛看以旅遊爲主題的小說。尤其是五木寬之的《青年走向荒野》、《再見，莫斯科阿飛》、《索菲亞的秋天》等作品，讓我多年都耽溺於浪漫的旅遊幻想中。可以說，當年的我把旅行文學當作了旅行經驗的替代物。然後，我高中一年級就開始國內旅行；上了大學後，終於申請到了護照。眞正揹起背包走入世界，卻忙於對付眼前的現實，背包裡裝的只有日文《地球的步行法》或英文《Lonely Planet》等旅遊指南書和袖珍辭典了。那是必然的，因爲對年輕人來說，現實總比書本有趣，他人一定比故事可愛。要標榜個人主義的原因，其實不外是爲了邂逅另一個人。

但是自從三十二歲的越南旅行起，我著迷於人文旅行的後巷子。小說、影片和旅遊，在我腦海裡連接成一條又一條美麗的項鍊，不亦樂乎！只是，嬰兒免疫快要失效了，年輕人不知天高地厚的樂觀也逐漸消失，連本來供應特豐富的體力都逐漸感到不足了。四星級飯店軟軟的床墊，年輕時候以爲是腐敗的，實在沒想到，有一天自己竟會覺得頗爲必要。

美食的概念，也隨著年齡而變化。二十出頭的時候，一屜小籠包、一碗擔擔麵、一盤拉條子、一根羊肉串，就是我不怕遠路要特地去尋找的美食。究竟什麼時候，我開始懂葡萄酒的味道了？究竟什麼時候開始會看義大利菜、法國菜的菜單了？什麼時候發現古典音樂其實不臭反而特香了？總之，年紀大了，偶爾享受一下奢侈的味道也可以吧？反正，花的是自己賺來的錢。於是，去匈牙利布達佩斯，白天泡在土耳其式溫泉浴池裡發呆，傍晚在葡萄酒屋邊喝當地特產多凱甜白酒，邊吃匈牙利風味的薩拉米香腸，酒足飯飽後則去豪華劇場鑒賞管弦樂團現場伴奏的歌劇。在日本只有王侯貴族才擔負得起的夜晚，在當年物價偏低的中歐，連我都享受得起。可說特陶醉人，只要我能忘記心中那一點點寂寞的話。

味覺的記憶

我在高中、大學時的女同學裡，一直未婚的超過一半，從未生育的更超過七成。那並不全是個人選擇的結果，而是我們成長的時代環境所造成的。日本一九八五年施行了男女雇用均等法。那正是我們大學畢業，要出社會的時候。換句話說，我們「均等法世代」是每人都出去工作的第一代日本女子。但一邊工作一邊成家談何容易，尤其在不向外籍保母開放國門的大男人主義國家日本？還有，我們當年確實也聽說過世界人口已經太多了，不用給地球再增加負擔爲好。本人卻是天生的牛脾氣，日文所說的「天邪鬼」，別人不做的事情偏偏要去做。所以，三十五歲結了婚，三十六歲和三十九歲生了孩子。

老大未滿一歲那年，我家最常放的背景音樂是沖繩縣的女性組合「Nenes」合唱的〈IKAWU〉。沖繩音階跟日本的不同，當地樂器蛇皮三線的音色也不一樣，總之聽起來充滿異國情調，特會喚起旅遊想像的，何況「IKAWU」意味著「走了」。被「Nenes」吸引，我不禁抱上小娃娃，飛往沖繩本島恩納村的度假飯店去了。未料，三月的沖繩還相當冷，人工沙灘上幾乎沒有人影。坐遊覽車來的老年人團體，晚上抵達後吃飯、洗澡、睡覺，早上起來吃完早飯，馬上坐遊覽車走了，眞不知他們的何來何去。唯獨有一組跟我們相似的三口子，默默地在沙灘上散步。他們是夫妻和坐嬰兒車的小朋友，果然也來自東京。記得那太太說：原來不應該是這樣子的。

後來，帶著幼小的孩子們，我們還每年都去了一、兩次旅遊。但是，跟本來想要的頻率比則少了很多，而且去的大多也是不遠的地方。「旅愁」一詞指的是羈旅者的憂愁，我當時熬的倒是不能盡情去旅遊的憂愁。帶著孩子，不能盡情做的事情不少，許多有創造性的活動都不容易了。我發現，跟育嬰搭配最好的活動原來是家務。（……洩氣……）好在我也逐漸發現，家務不一定沒有創造性。尤其烹調，若把它當作通往美食的一條路，則會變得挺有意思的。如果做的是曾在旅途上嘗過的外國風味，最後感到的滿足感奇特得像旅行。

我有一本曾在多倫多唐人街龍城地下書店買的中文烹調書，也有一本從香港帶回來的廣東食譜。還有，從雜誌剪下來的〈張愛玲的廚房〉專文。有一次，翻著那些食譜，我做了幾道菜如棒棒雞、木樨肉、貴妃雞、青豆蝦仁等，請日本朋友們吃，果然獲得了未曾有的大喝采。畢竟在日本，並不是大家都會做道地好吃的中國菜。強就強在我會看中文食譜；多少年學中文下的工夫，果然完全值得，現在都賺回來了。

我也記起來，不是還有從加拿大帶回來的厚厚一本英文西餐食譜嗎？按照它的指示去烘烤一個半公斤的牛肉塊，並且配上了道地英國式酸奶辣根醬，老公對我另眼相看，好像滿看得起人家了。不亦樂乎！正好那時候，北京人吳雯在日本陸續出版京菜食譜，對我的幫助可大了。白菜水餃、肉包子、蔥油餅、白雲肉片、紅燒肉、京醬肉絲、咕咾肉、番茄炒蛋、宮保雞丁等等，曾在北京留學的日子裡常吃到，但是到了其他地方不容易嘗到的家常便飯，這回在東京家中，自己能夠重現了。

結婚前，我很少做過菜，因而本來不知道各種食譜之間的水平差距其實很大。好在我對書本的辨別能力還不算差，買了幾本食譜後便知道，在日本哪些烹調老師寫的食譜可靠好用。北京菜的吳雯、英國菜的大原照子、俄國菜和中亞菜的荻野恭子、義大利菜的片岡護、日本菜的西健一郎和土井善晴，成了我之後私淑多年的老師隊伍。

看著大原老師的食譜，我做曾在加拿大朋友家中第一次吃而即時迷上的烤羊肉加薄荷醬，自動想起那天在座的朋友們談到的很多事情來，包括女主人說：「我本來打算今晚料理鮮魚的，但是丈夫提醒了我，妳敢給日本人做魚吃嗎？哈哈哈。」大原老師在書中介紹的俄羅斯式酸奶牛肉飯，則叫我想起：位於香港銅鑼灣的皇后飯店，供應舊上海租界傳來的白俄風味如基輔式雞肉餅，而那家店裡就有上海出身的王家衛導演在影片裡用來當作道具的公用電話亭。看著荻野老師的書，我做曾在新疆綠洲上嘗到的清眞風味拉條子，並且第一次發覺那獨特的香味其實是安息茴香。看著片岡老師的書，我就做那年去翡冷翠度蜜月吃到的手工披薩。

我眞高興自己在前半生裡去過不少地方，嘗過很多風味菜。結果，即使躲在東京家中都能夠一邊耽溺於過去旅遊的回憶，一邊享受到一種又一種世界美食。也就是說，名副其實的回味無窮了！味覺的記憶非常有趣。只要是眞正享受過了，幾十年以後都能夠再現。

轉眼之間，孩子們也快速長大。他們跟我去北京吃了老字號清眞館子烤肉季的烤羊肉和東來順的涮羊肉，也吃了全聚德的北京烤鴨和砂鍋居的水晶肉；去台南吃了度小月的擔仔麵，去高雄旗津吃了當地特產的烏魚子；去翡冷翠吃了野豬肉醬義大利麵和在中央市場採購的甜辣兩種青黴起司；去馬六甲吃了當地風味雞飯粒和沙嗲。只要做父母的妥協一點，肯讓他們享受旅遊飯店無限量提供的豪華自助早餐，以及在飯店游泳池盡情玩水一整個下午，對於其他活動，孩子們也會爲老饕父母親配合點了。

說實在，他們長大的速度比我當初預測得快。高中生與其跟父母去海外旅遊，倒願意一個人留守，趁機請幾個同學來吃飯的。即使吃方便麵、速食咖哩飯，好像跟朋友在一起，就比跟父母一同去海外找美食有意思。連國中生都開始覺得參加學校球隊的訓練比去家族旅行重要、有意義。

顯而易見，他們早不是整天拉扯媽媽的小孩子，已經走上自己人生的一條路了。正如俳聖松尾芭蕉說：歲月是百代過客，永不停止。的確，我們都一個人生來，一個人死去，孤獨是既定條件，不必特地去尋找。既然今生相遇了，好好珍惜今世之緣吧。哎，我好像眞走來了很遠的路了。

無法放棄旅人生涯

說實在，全世界我最喜歡的地方是國際機場的候機室。看著玻璃窗外停著的飛機，能感覺到快感荷爾蒙在腦內大量分泌出來。

在北京接受記者訪問，對方的名片上寫著：新京報。

我告訴她說：這三個字我特別眼熟呢，因爲有一年春天來北京，看著你們報社的招牌，過了整整一個星期。

人家問道：這話怎麼說呢？

我回答說：是這樣子的。那次我們住你們公司對面的前門飯店；誰料想得到，剛抵達那天，當時三歲的女兒就開始發燒，雖然燒得不高，就是退不下來，小朋友心情不好，做媽媽的只好陪伴。結果整整一個星期，我都站在前門飯店客房的窗戶邊，看著馬路對面的光明日報大樓上，掛的牌子寫：新京報。

記者說：我們公司後來遷址，現在已經不在那兒了。請問妳寫過那次的事兒嗎？

我說：沒有。我沒想到去寫。因爲心裡有點內疚，覺得也許自己太自私了。

全世界最喜歡的地方

自從懷上老大起，我的活動能力大大低落了。尤其帶了小朋友，連坐半個鐘頭的電車去新宿買東西都不容易了。何況出國旅行？

一九八〇年代開始，日本社會上沒有了傭人、保母等家庭勞動者。之前，鄉下出來的年輕女子，出嫁之前在別人家當幾年保母，被稱爲「家事見習」，乃既不丟臉又不少見的事情。以關於日本審美學的長篇評論《陰翳禮讚》、改編成電影的小說《細雪》等聞名於世的文豪谷崎潤一郎，就有一本著作叫做《台所太平記》，寫的是他家曾雇用一個又一個年輕保母的回憶。

然而，日本經濟發達以後，年輕人不再願意從事體力勞動了，政府又不允許外國工人進來代替。結果，一切家務包括照顧小孩子都得由主婦一個人擔當了。問題在於如今的日本家庭主婦多半都另有工作的。先生們雖然逐漸放棄大男人主義，但是若能承包二成家務就算了不起了。總之，一邊工作一邊經營家庭，夠忙著呢。哪有閒工夫去想旅遊計畫？

我就是想。

我就是不能放棄旅人生涯。

做了母親以後，我決定放棄一切可以放棄的事情了。酒吧，不去也罷了。書店，不逛也罷了。老朋友，不見也罷了。電視節目，不看也算了。衣服，不買也無礙。頭髮，不剪有什麼大不了的？但是，偏偏對於旅行，我不肯死心。

說實在，全世界我最喜歡的地方是國際機場的候機室。看著玻璃窗外停著的飛機，能感覺到快感荷爾蒙在腦內大量分泌出來。我會不由得吸一大口氣，全身一下子充滿新鮮的空氣，好比我的人要變成氣球，往寬闊的天空起飛。

北京一星期

所以，我帶一歲的兒子去了沖繩，帶兩歲的他去了台北、台東和東馬婆羅洲，帶五歲的他和一歲的小妹妹去了礁溪、蘇澳、南方澳。所以，那一次，帶七歲的兒子和三歲的女兒去北京，也該不妨吧？

爲了四口子旅行，我訂了前門飯店的家庭套房。早幾年，從香港坐剛開通不久的直通車臥鋪來婚前旅行的時候，我們也住過這家飯店。因爲當時附近還充滿著老北京的味道，感覺猶如走進了林海音《城南舊事》的世界，而且飯店一樓有梨園劇場每晚演出京劇節目，另一個京劇據點湖廣會館也是走過去就能到。

這次在北京一個星期，我們至少可以看兩次京劇吧？另外也能去西單三味書屋的二樓聽傳統音樂會吧？至於我懷念不已的北京風味，除了飯店樓下的餐廳以外，烤鴨的全聚德、涮羊肉的東來順、什剎海邊的烤肉季，該可以各去一次吧？然而，做媽媽的越熱中於計畫日程，做孩子的越要發燒似的。顯而易見，母親需要旅行，但是孩子更需要母親。

我們那段時間的旅行，在家庭休假的表面下，其實藏著出差目的。所以，爲了哄哄小朋友，無論去哪裡都先光顧玩具店，直到兒子擁有各國的海盜版遊戲王卡片。到了北京，我們也打算去王府井、西單的玩具店呀，也打算去天壇東邊的北京遊樂園的。可是，多麼緊密的安排都瞞不過敏感的小朋友。我每次把體溫計插進女兒的腋下，抽出來的時候，一定顯示著：三十七點五。雖然不用找急診，但是強制她出去絕不是個辦法。

當年孩子們還小，去哪裡，老公都帶著攝影機要留下他們幼年的日子。但那次北京之行，留下的影像全是在計程車上拍的。天安門廣場的毛澤東肖像、人民英雄紀念碑都在蒙上了灰塵的車窗那邊。老公雖然帶七歲的兒子出去走走，但是拉著小朋友的手要過北京寬闊的馬路，他也無法拍攝。

那七天裡，我們還是去了幾個地方。每次我都揹著十七公斤重的小女兒。在地鐵一號線月台上拍的照片裡，她從我背後偷偷地伸出脖子來，顯然要觀察周圍的狀況，未料被拍下了。

有一晚，好像是最後一晚吧，我們去了老公中意的和平門外三千里韓式烤肉店。那裡的服務生非常熱情，每一刻鐘替我們換一次鐵網。北京的烤肉店跟東京的同業相比，明顯占優勢的是冷麵的味道。當爹娘倆津津有味地吃冷麵之際，孩子們則要吃冰淇淋了。整個星期，三歲的女兒都發燒很少吃東西，但是冰淇淋居然是另一回事了。我吃飯的時候，她都躺在我大腿上，緊緊地閉著眼睛，嘴巴更不用說了。然而，冰淇淋來了，不可思議得很，連她眼睛帶嘴巴終於都開得很大很大。

屈指算起來，那該是二〇〇四年的春天。在和平門南邊，琉璃廠再走過去的新華路兩側，當時開著好多家二胡店，有的還掛著「琴社」的招牌，滿有味道。小巷裡就是密密麻麻很多四合院，歷史要追溯到清代去，可是沒有廁所洗澡間。外牆上已寫著「拆」字，不久就要開始拆遷了。那一年，稍遠處的前面大街也仍舊是破破爛爛的眞貨老街。我花了最多時間站著的前門飯店客房的窗戶外，對面光明日報大樓外掛的牌子寫：新京報。

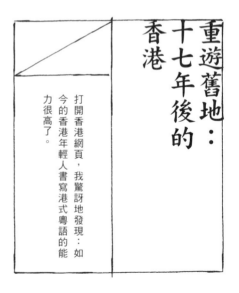

重遊舊地：十七年後的香港

打開香港網頁，我驚訝地發現：如今的香港年輕人書寫港式粵語的能力很高了。

當離別時候下的雨，日語稱之爲「淚雨」。一九九七年六月三十日傍晚，英國人即將離開統治了一個半世紀之久的香港之際，東方珍珠下了一場很大的雨。那天在香港的人該都記得吧。幾天以後，我也撤離消耗了三年半青春歲月的香港。從啓德機場坐飛機回故鄉日本之際，也下了一場很大的雨，教我不由得大哭起來。告別英屬時代，香港天空下眼淚，當時覺得順理成章。至於自己爲何哭泣，卻不大清楚。有私人感情上的原因，也有社會工作上的理由。總之，有點像蓋住棺材，我的香港時代告一段落。

然後的十多年，我都沒有回香港去。有主觀上的原因，也有客觀上的困難。香港飯店客房之小、房租之貴，是全世界數一數二的。一個人、兩個人都還容易想辦法。可是，包括兩個小朋友在內的四口子呢？我實在找不出解決問題的答案來。

未料到，老大到了十六歲時，與其暑假裡和父母一同去旅行，他寧願一個人留下來享受沒人監督的自由時間。老二女兒還小，好歹仍需要老跟著父母親。這樣子，總人數從四減到三，住房問題容易解決多了。只要我們肯忍耐一下居住環境擁擠點兒，雙人房加了張床，就能夠將就過去。

「香港不再臭了」。那句話是我在東京認識的一個年輕人說的。她年紀三十上下，是位考到了證書的會計師，而且已婚有個小男孩，可說是滿成功的一個人。到底是如何長大的？果然，父親任職於大商社，做女兒的從小隨父母去各國生活，曾在香港念日本小學和國際中學。這次聽到我將要去香港，她不經意說出對香港的印象。「以前在香港下飛機，就能聞到一股臭味，對不對？可是，幾年前重訪的時候，我發覺，那股臭味消失了。住當地的朋友告訴我，是二〇〇三年鬧了非典型肺炎（SARS）的時候，衛生管理規則變得嚴厲，結果原先在街頭上處處見到的菜葉、水果皮都給打掃乾淨，連垃圾袋惡臭都沒有了呢。」

有趣是有趣，但「香港不再臭了」那句話，我還是覺得很難聽，因為等於說「香港曾經很臭」。我本人一九八四年就開始去香港，直到九七年撤離之前，去過很多次，尤其最後三年半持有了居民證。那麼長時間出入，我當然也注意到了香港空氣裡飄浮的味道，卻從來沒把它當過惡臭，反之要說服自己：那在亞熱帶地區而言是正常的狀態。

所以，十七年後重訪香港，我是特別注意氣味的。飛機降落的赤鱲角機場，以前轉機去馬來西亞的時候停留過，比啓德機場大而新，自然沒有任何異味。我們坐的往市中心去的機場快線，也百分之百乾淨，從終點站搭乘免費巴士到港島香格里拉酒店，一路上都沒聞到什麼味道。這家酒店以維多利亞港的海景聞名，客房的落地窗外就是了。奇怪的是，以前位在九龍尖沙咀岸上的半島酒店，我如何瞇縫眼睛凝視都找不到。

物價、房價都在發展

到香港的第一個晚上，我跟一位老朋友有約。打電話聯繫，對方問我可不可以去她家住的西九龍吃晚飯？我當然沒意見，六點半約在她公司附近的中環站見面了。從那兒她帶我們到香港站，然後搭地鐵去九龍站。中環站，我早就熟悉。可是，香港站、九龍站？朋友提醒我說：你們不是坐了機場快線嗎？那應該經過了這裡。我們走過機場快線大廳，看見了登機服務台。朋友說：我家住樓上，去海外的時候，在這兒辦理登機手續把行李托運，然後空手坐車去機場就好，方便得很。

我們在位於全新商場裡的一家潮州館子吃飯。滷鵝片、炸牡蠣、清蒸魚等等，吃得很高興。工作日的傍晚，每個桌子都有客人吃大餐，看得出來此地經濟景氣很好。然後，朋友帶我們去樓上的住家，也順路看看住客專用的游泳池，乃可以邊游泳邊通過玻璃窗戶看到維多利亞港聞名於世的美麗夜景。我問朋友：你們的房子值多少錢？她說：十年前買的時候才四百萬，現在則漲成一千兩百萬了。我在腦子裡算一算：那等於兩億日元了，在東京說不定買得起一棟大樓呢。

朋友住的西九龍，是香港回歸中國以後開發出來的新地區，主要位於填海得來的土地上。怪不得從港島香格里拉的房間看不到半島酒店了。這些年，維多利亞港的填海工程進行得如火如荼，九龍半島的中心區從尖沙咀移到西九龍去了。

第二天早晨，我們在房間裡吃前一晚買好的麵包和起司。港島香格里拉的早餐聽說不錯，但價格也算貴到天價了：五百塊港幣一份。說實在，我們在太古廣場地下的高級超市買麵包、牛奶等都覺得很貴的。儘管是高級超市，但是物價比東京同等店貴一倍了。顯而易見，香港這些年發展了很多。問題在於：是否大家都發展了？還是鄧小平曾說的「一部分人先富起來」適用到香港來了？住在西九龍的我朋友，其實是北京人，我在多倫多讀書時的老同學，後來跟類似經歷的律師結婚，在香港定居下來。

過了十七年，很多東西不見了……

一九九七年七月撤離前，我曾住在離港島香格里拉不遠的星街七號，走路十分鐘便到了。從地鐵金鐘站，走入皇后大道東，以前右邊有一家叫巴克科斯的地中海餐館，現在沒有了。走上星街的坡道下面，以前有老太太坐在街邊賣報紙的，現在沒有了。坡道右邊以前有台大畢業生經營的印刷廠和我每週一定光顧的洗衣店，現在都沒有了。對面則有以前偶爾承辦酒席的蛇店，在店前堆疊的鐵籠裡養著多條蛇，現在也沒有了。過了十七年，很多東西都不見了，但是坡道還在，在盡頭我曾住的Vincent Mansion也仍在。

我對已過去的事情，不怎麼愛傷感。對十七年來的變化，也不怎麼有感受。站在坡道上面，我卻注意到了：曾經一定在路邊積累的垃圾，如今根本看不到，結果垃圾在亞熱帶自然產生的氣味也聞不到了，也就猶如那年輕會計師所說，香港不再臭了。

回到酒店，打開電視機，在當地電視台播送的報導節目裡，一個男性律師哭著說話。我聽不太懂廣東話，對香港時事也不太熟悉。但他似乎在說：律師這行業該持有的準則，在此後的香港很難保持下去了。那是二〇一四年八月。將發展爲雨傘革命的占領中環金融區計畫，還在討論和預備階段。看看報紙，要占領中環的動機跟發源地紐約一樣：少數一部分人擁有太多財物，越來越多人淪落爲無產階級。

後來，回想沒有了垃圾、沒有了異味的坡道，我估計那應該是香港人的自尊心所致。直接的起因也許就是SARS，不過曾經常被批評說沒有公德心的香港人，在過去的十七年裡培養出公德心來了，而那又應該跟他們對香港的鄉土愛有關吧。面對大量來自北方的同胞，他們的香港人意識被迫結晶爲鄉土愛。爲了對抗唯物主義的鄰居，以便保護香港相對優良的生活素質，他們講起公共道德等在從前的社會被嗤之以鼻的精神價值。

打開香港網頁，我驚訝地發現：如今的香港年輕人書寫港式粵語的能力很高了。十七年以前，只有當地報紙的部分專欄或漫畫的對白等，才使用這當地最普及的語言。今天要爭取眞普選的年輕人，都具有書寫港式粵語的能力了。我想起來，班納迪克·安德森說過：民族國家是十八世紀以後，基於人們共同的想像而成立的，並不是自然就有的，而爲了產生想像的共同體，通過印刷媒體普及的共同語言是關鍵性重要的。近年來網路的普及，能夠跟當年印刷出版之普及相比吧。

如今的香港年輕人顯然用港式粵語思考並討論著高度的政治問題。我推想，其起因之一是網路的普及，後果之一會是民族意識的產生。十七年後重訪，我爲香港年輕人這些年的成長感到非常驕傲，願意繼續做他們的外地阿姨了。

卷貳

東京旅行故事

東京交通物語

十九世紀的江戶人和二十一世紀的東京人，雖然住在同一個地方，彼此的生活經驗竟然這麼不一樣。

有一次翻著夏目漱石（一八六七—一九一六）的散文，看到了如下的記述：

> 我小時候，東京的劇院都在淺草一帶。既沒有電車，又沒有人力車的年代，從市區西端的高田馬場去淺草觀音寺那裡，不是一件簡單的事情。愛看戲的我姊姊她們，都是午夜起床開始做準備的。路上會有危險，於是爲安全起見，一定叫僕人陪同過去。從早稻田夏目坂的居家，她們一行走下坡，經過柿木小路到卸貨碼頭，在那兒搭上早就訂好的包船。我想像她

們抱著多麼充滿期待的心情，慢慢從炮兵廠（按：現東京巨蛋球場所在地）前邊，經過御茶水，一直被搖到柳橋去。何況她們的旅程又不是到那兒就結束的，人們曾不惜時間的年頭更有理由被後人懷念。河船到了大川（按：現隅田川）就溯流而上，經過吾妻橋，終於抵達今戶有名樓附近。姊姊她們在那兒登陸，走到戲院茶屋（按：戲院附設的餐館亦爲觀客提供了各種有關服務，子弟經常成了演員），在夥計的帶領下，去預訂的位子入座。那一定是所謂高座，乃其他觀眾能看到她們服裝、面孔、髮型的位子，好講排場的戲迷們常互相爭奪的。幕間休息時候，演員助理會過來說：歡迎小姐們到後台來。她們便跟著他去見田之助、訥升等喜愛的演員，請他們在扇子上簽名畫畫後回到位子。那就滿足了小姐們的虛榮心，面子是用金錢購買的。回去的路也坐同一隻船，一直坐到卸貨碼頭。還是爲安全起見，叫僕人點著燈籠出來引路。到了家已經過了午夜吧。也就是說，花了從午夜到第二個午夜那麼長時間，才能看一場戲的。（筆者翻譯）

夏目漱石是日本明治維新前一年出生的。他是父親和後妻之間生的五男一女之老么，上面還有兩個異母姊姊，文章裡談的姊姊該是異母的。這篇〈玻璃門內〉是他在世最後一年裡寫的作品，文中回想的應是他出生前後，日本近代化剛開始的年代。他父親是在德川幕府治下的江戶城裡頗有地位的官吏，至今東京早稻田還有叫夏目坂的坡道，不是取自文豪兒子，而是取自大官父親。如果是今天，從他們家去淺草看戲，坐地鐵用不著半個鐘頭了，畢竟路程連十公里都不到。十九世紀的江戶人和二十一世紀的東京人，雖然住在同一個地方，彼此的生活經驗竟然這麼不一樣。

曾是優雅美麗的水城

「東京曾經是能跟威尼斯、蘇州相比的水城」。這句話是建築史家陣內秀信（一九四七—）在一九八五年問世的《東京的空間人類學》裡第一次說出來，讓眾多日本人大開眼界的。陣內東京大學畢業以後，去了威尼斯留學三年，回國後以海歸的眼光重新觀察東京，結果發掘了不僅早被拋棄而且已被忘記的美麗水城。我用考古學發現般的「發掘」一詞，因為人們特別會忘記一座城市往昔的樣子，即使他們一直住在同一座城市裡，正如一條胡同或一處里弄給拆了，新的商場或公寓竣工的時候，很多人已經記不起此地原來的面貌怎麼樣。

當然，失去記憶之前，世界早已開始變化了。哪個國家往近代化的路上邁進的時候，都得經過巨大的變化。以江戶—東京爲例，江戶城本來建於江戶灣即今天東京灣的海岸上。除了自然形成的隅田川、荒川、多摩川等河流以外，德川幕府也開鑿了很多護城河、水溝、自來水道。正如漱石描寫，直到明治維新前後，江戶城裡的主要交通工具是河船，四通八達的水流之重要性不亞於今天的電車、地鐵路線。無論想去哪裡，要往哪裡送貨，江戶人都沿著水流走的。但是，水城式的生活方式，近代化以後卻逐漸沒落。日本學校的歷史教科書裡都寫著：一八七二年（明治五年）在東京品川和橫濱之間鐵路開通，標記了文明開化時代的到來。一九三四年在隅田川邊深川地區，也就是十七世紀的著名俳人松尾芭蕉曾居住的地方，出生長大的文化人類學家川田順造，回想孩提時代寫道：當年河面上仍有很多貨船往來，猶如今天的卡車，把運過來的貨物在碼頭卸貨，然後繼續往不知道哪裡搖櫓去了。他親戚中有幾個人是生在荒川上游，結婚時候坐船過來的。不過，他記得的東京並不是優雅美麗的水城。他說：當年經常看到男女浮屍在水面上漂流，還有不少窮人家族生活在木造船上以運輸發臭的糞尿爲業。年輕時候的川田，爲落後的故鄉羞愧，恨不得擺脫自己的背景，大學畢業後去歐洲和非洲各待了七年，並從巴黎第五大學得到了民族學博士學位。他重新擁抱故鄉是一九八〇年代初，乃母親去世後懷念起童年來，用文化人類學家的田野調查方法對老鄰居進行訪問，驚訝地發現了半世紀前還充滿活力的老江戶庶民文化，如民間信仰、節日、民謠等，都幾乎已經消失了。

那恰好是陣內秀信「發掘」了美麗水城歷史的時候。日本經過了明治維新後一百多年的近代化和第二次世界大戰後四十年的國家復興，東京奧運會、大阪世博會都辦完了，世界第二經濟大國的地位都贏得了。終於能夠嘆口氣歇下來的時候，不少日本人倒不約而同地發覺：作爲現代化的代價，我們到底失去了多少貴重的東西，包括乾淨的水流、新鮮的空氣、祖先傳授下來的生活文化？川田跟陣內一樣是在西方受過學術訓練的知識分子。這不可能是巧合了。俗話說，當局者迷、旁觀者清，果然很有道理。

鐵路繁榮，水路沒落

明治維新以後的東京，在原先的水城上，不停地修建了很多國營、私營區域鐵道。一八七二年全國第一段鐵路開通後，過了半個世紀的一九二五年，之前在市內外各地分段完成的鐵路軌道，終於連接起來成環形，山手線電車於是開通了。至今爲東京客運心臟的山手線，大體修建於原先的江戶城邊境（包括夏目漱石在《玻璃門內》裡提到的高田馬場）上，總距離有三十四點五公里，車站總數爲二十九，圓環內面積爲六十三平方公里，跟北京二環內面積的六十二點五平方公里幾乎相同。

後來，以山手線的車站爲基點，向東南西北各方向又修建了好多條區域鐵道，東京很多住宅區都是在那些鐵路沿線發展下來的。比如說，日本最高級的住宅區田園調布，就在一九二七年以山手線澀谷站爲起點往橫濱開通的東橫線上。一樣著名的成城學園，也在同一年以新宿站爲起點通往太平洋邊小田原的小田急線上。除此以外，還有以池袋站爲起點的西武池袋線、東武東上線，以目黑站爲起點的目蒲線，以五反田爲起點的池上線，以品川爲起點的京濱急行線，以日暮里爲起點的京成線等等。

在東京，鐵路的繁榮和水路的沒落是同時進行的。水路越來越受冷落，水質也越來越惡劣。第二次世界大戰末期的一九四五年，東京遭到了美軍空襲超過一百次，市內大半都化爲焦土。進行重建之前，需要處理大量瓦礫。當年的東京市政府，無可奈何地把它們扔進水路裡去了。結果，曾經美麗的東京水路幾乎全變成了垃圾場。久而久之，垃圾堆滿的水路成了東京人的包袱。一九六四年的東京奧運會前夕，爲了迎接外國客人，不僅在東京—大阪之間匆匆修通新幹線，而且要在首都中心區建設日本頭一條的都市高速公路。因爲時間短促，不可能一一收購用地，於是當局決定填埋發臭的水路，上面建設高架公路的橋桁，以便一舉兩得。

日本私家車的普及是東京奧運會以後的事情。公路的開通促使人們買車。但是汽車的增加又馬上導致公路老是堵塞，而且同時帶來嚴重的空氣汙染。一九七〇年代，東京發生對身體有害的光化學煙霧現象。爲了解決汽車帶來的重重問題，這回要在山手線圓環裡修建多條地鐵路線了。從上世紀初到六〇年代，東京曾有過有軌、無軌路面電車，在高峰期多達四十五條路線，每天有一百幾十萬人搭乘。可是，因爲被批評會造成汽車通行的障礙，在一九七二年以前全被取消，只剩下有專用軌道的荒川線十二點二公里了。

記住過去，展望未來

奧運會以前，東京的地鐵共只有三條，現在則有十三條了。結果在山手線內側，無論從哪裡出發，都十分鐘內能走到一個地鐵或電車站。有些區域鐵道電車也開進地鐵線路來，結果兩個系統加起來的總距離達五百二十點九公里。東京市區的每一平方公里土地上，平均有一點零一公里的鐵路在營業。這使得東京在公共交通網完善的程度上，凌駕倫敦、巴黎、紐約等世界其他大城市。如今到東京市區上班、上課的人，八成以上都利用區域鐵道；他們在市內移動也都用地鐵、巴士等公共交通工具。結果工作日的白天，開在市區公路上的汽車，七成以上是工作車輛。爲了上下班或私事開車的人才兩成多而已。儘管如此，東京的公路堵塞問題也並沒有解決，汽車駕駛的平均速度仍然是時速二十公里左右，也就是不比自行車快多少。

對多數東京人來說，汽車是週末休息的時候，爲舉家外出、買東西等目的才使用的東西了。考慮到汽車保養費、保險費、停車場租賃費，以及喝酒開車被抓了要付的昂貴罰款等等費用，許多人覺得擁有汽車已不合算，需要的時候租車就是了。結果，全日本總共四十七個都道府縣裡，東京人的汽車持有率最低：一個家庭才零點四九輛而已。相比之下，福井縣、富山縣等公共交通不方便的縣分，每個家庭的汽車持有率超過一點七輛。

東京的地鐵路線增加了以後，去很多地方確實比過去快多了。只是在地底中移動，好比關在一個黑箱裡一樣，始終看不到外景，不能知道自己到底身在何處。曾經江戶時代的人，爲了去十公里之遠的淺草看戲，非得提早跟船老大、戲院茶屋等聯繫不可，還沒天亮之前在僕人陪同下出發，花好幾個鐘頭坐船看著市內各地的風景，才能抵達目的地的。因爲特別麻煩，所以加倍有價值，也成爲幾十年後文豪弟弟回顧時寫文章的材料。她們跟我們，很難相信是同一座城市的先後居民。今天若想看戲，可以馬上動身，在路上用智慧型手機訂個位子就可以了。說方便實在方便，但是不知爲何，也不能不感到稍微寂寞。因爲得到便利的過程中，我們似乎失去了很多好東西。

現在，東京的老水路，沒有被塡埋的大多變成了暗渠。結果不少地名，如銀座附近的數寄屋橋，明明標誌著此地有河流，可是四周都只看得到水泥大樓和公路而已，令人感到被狐狸迷住了一般。有趣的是，看不見的東京水路倒刺激小說家的想像力，給有些作品，如芥川賞得主松浦壽輝的《巴》，提供很特別的背景。另外，今天的年輕一輩中竟然有一批人特別被那些暗渠吸引，一段一段一條一條地去尋找昔日水路的線索，把「發掘」出來的結果寫成書出版，比方說，一九七二年出生的本田創和五個朋友協力編寫的《享受地形：東京暗渠散步》。他們也把調查結果在網路上公開：http://tokyoriver.exblog.jp/; http://kaeru.moe-nifty.

com/ankyo/。一個人若要精神健全地生活下去，先得弄清楚自己的何來何去。大概一座城市也是一樣的，該記住過去，才能展望未來。那麼，這些暗渠迷年輕人說不定就是東京未來的所在呢。

人生的溫泉旅館

算起來，不到十年的時間裡，我們去了相當多次旅遊。每次的旅行都盡量要去有溫泉的地方，結果小團隊踏足的溫泉地可也不少了。

小時候的暑假，每年到八月最後的週末，我都被父母帶去熱海溫泉。那裡有小小的溫泉旅館叫潮音莊，是某保險合作社擁有的度假中心。我父親通過朋友關係，每年夏天都以員工價包租一個晚上，跟他兄弟姊妹的家眷聚在一起。我伯伯、叔叔、姑姑共有八個人，再加上他們的配偶和孩子們，以及父母的堂兄弟、表姊妹等幾個要好的親戚，總人數達到五十個人左右。

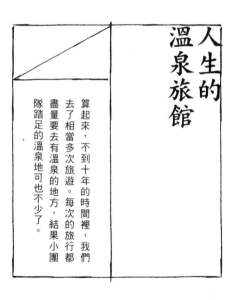

靠太平洋的熱海市，既有沙灘又有溫泉，而且離東京坐車、開車都一、兩個小時就能抵達，理應會成爲當年東京人最愛光顧的度假區。何況，熱海也是全日本人熟悉的言情小說《金色夜叉》（尾崎紅葉著）的背景。日本明治時代的大學生貫一的未婚妻阿宮，被金錢吸引而離開他，並嫁給一名高利貸業者，生氣的貫一在熱海沙灘上踢掉阿宮的故事，一八九七年連載於《讀賣新聞》，從一九一〇年代到九〇年代，改編成電影、電視劇幾十次。果然，幾乎每個日本人都能哼主題曲〈在熱海沙灘上散散步〉。總之，一聽到熱海這地名，日本人心中就喚起一種很俗氣的期待來，是很難克制的。

一年裡只有這個晚上

我小時候的一九七〇年代是日本經濟的高度成長期，雖然還不至於人人能去海外旅行，但是在溫泉旅館住一個晚上人人都負擔得起，何況保險合作社的度假中心，價錢比商業性質的旅館便宜。

整個日本群島由火山形成，結果處處都有溫泉湧出來。日本人洗溫泉養生的紀錄，可追溯到一千多年以前。每個地方都有關於能醫病的，神祕熱水的傳說。直到第二次世界大戰，洗溫泉是比較個人的活動，一個人去，或兩個人去，目的不是治病，就是休養。溫泉旅館也很低調，爲長期逗留「湯治」（溫泉療養）的住客提供自己煮飯用的廚房。然而，一九六〇年代以後的經濟成長，使它變爲娛樂活動了。溫泉旅館提供的不再僅僅是大自然的恩惠，而且是各色各樣人工的樂趣，包括宴會廳、酒吧、禮品店，甚至脫衣舞場。我就是在日本溫泉娛樂化的高峰期中成長的。當時，每個企業組織社員旅行團去溫泉，每個社區也組織住民旅行團去溫泉，因爲高度發展期的日本人特別喜歡集體活動。結果，每個家庭都有旅館免費送給住客的洗浴用毛巾好幾條了。我們家族當然也不甘寂寞。

那是還沒有網際網路、手機的年代，連固定電話也不一定每家都有的，所以親戚之間的聯絡都靠書信。每年的七月分，擔任該年幹事的叔叔、姑姑等，向大家發出往返明信片詢問有幾個人要參加。當年的日本人挺重視親戚關係的，雖然媽媽私下常埋怨大姑、小姑聯合起來欺負她，但是一年一次的熱海旅行還是一定要參加的，因爲我們暑假裡的旅行也往往只有那麼一次。

對小孩子們來說，旅行本身自是樂趣無窮，更高興的是能見到堂兄弟表姊妹們。父親的五兄弟中有三個人是同年同月同日一起結婚的（據說那樣子比較省錢），結果生下來的孩子們年紀也差不多。跟我同齡的就有兩個女孩和一個男孩，跟我哥哥同齡的也有一個男孩。年紀稍大了以後，大人會安排我們三個女孩子住一個房間。反正包租了旅館，沒有其他人住的，不必太擔心安全問題。一年裡只有這麼一個晚上，不受父母的監督，想聊到幾點就到幾點，好玩極了。

舉杯、唱歌，十年如一日

日本的溫泉旅館當年都是包兩餐的，即所謂「一泊二食」。住客下午抵達以後，先換穿「浴衣」（棉和服）到大浴場洗個澡，回房間休息少刻後用晚餐，吃飽了穿上木屐出去遛達，回旅館睡覺以前再洗個澡，在日式房間過一夜，早晨起來又洗個澡，吃完早餐後才脫下「浴衣」換衣服，慢慢準備出發。也就是說，溫泉旅館的房價包括住、吃、洗（無限次）的費用加上「浴衣」和木屐的租賃費。

溫泉旅館的晚餐是宴會兼聯歡會。首先講場地吧。那是一個鋪滿了榻榻米的大廳，平時用紙拉門隔開成小房間；八張榻榻米（長一點八公尺、寬零點九公尺的厚草墊）構成標準的臥房，十幾張榻榻米就是夠大的單間餐廳了。開宴會的時候，拉開一扇又一扇的紙門取走，果然出現五十張榻榻米的大宴會廳了。如果是承辦大企業社員旅行的大旅館，那麼宴會廳也要大到五百張榻榻米，竟能容納一千人。

到了晚餐時間，個人用的矮桌子和正方形墊子早就擺成兩排，從大伯伯到小姑姑，從大哥哥到小妹妹，大家論資排輩地入座。桌子上放著已做好的菜：生魚片、天麩羅（油炸海鮮、蔬菜）、茶碗蒸（什錦蒸雞蛋）、小火鍋等。旅館宴會的菜餚不一定好吃，但是一定很豐富。當年的日本人把平時的日子過得很樸素，所以一年一次的旅館宴會，讓大家好期待難得的美食，稀有的奢侈。

開飯以前，人人舉杯喊「乾杯」，大人喝啤酒、清酒，小孩喝汽水、可樂。然後就是邊吃飯邊看別人輪流表演了。從最小的弟弟妹妹開始，一個一個上舞台去唱歌。想不出唱什麼歌好的，都被大人說「唱你的校歌吧。你上哪個學校？幾年級了？」至於大人，每人都有一、兩首拿手的歌，一般是流行歌曲，偶爾也包括民謠。卡拉ＯＫ還沒有普及的年代，普通人練嗓子的機會少，大多數人唱不好歌，有些唱得特難聽，也有些唱得好逗人。

我們一看哪個叔叔、姑姑走到前邊來，就知道即將要唱什麼歌了，因為很多人表演的項目十年如一日，比方說，我母親唱的〈卡斯巴的女人〉。「卡斯巴」是阿爾及爾老市區，但那首歌是一九六七年日本的流行歌曲，據說是填詞人受了一九三七年尚・嘉賓（Jean Gabin）主演的法國電影《望鄉》之影響。「這裡是天涯海角阿爾及利亞，我是在卡斯巴晚上開的一朵花兒」，看自己的母親喝醉酒以後歡唱的樣子，感覺好奇怪的。不過，最可怕的算是大伯的「浪花節」，乃一種日本說書，談的是封建時代俠客的故事。大伯當時開幾家壽司店生意很成功，既有錢又得閒，就去跟老師學〈浪花節〉了。然而，不知道是五音不全還是怎麼回事，他唱起〈浪花節〉來實在令人懼怕。

到了那個時候，會喝酒的大人都喝得過多了。有些人當場就打呼嚕睡著，也有人為了幾十年前發生的老問題重新爭論起來，搞不好還要動手動腳。女人和孩子們覺得不如逃之夭夭。姑姑們要一起去大浴場，打算邊洗澡邊繼續聊天，問我們：「去不去？」我們說：「不去了。回房間休息。」

原來多麼喜歡溫泉

當年日本旅館的主要顧客是男性，所以多數旅館有很豪華的「男湯」（男浴池），但是「女湯」則往往小得可憐。潮音莊的女浴池都比家裡的大不了多少，還不如普通公共浴池的，而且沒有什麼風景可看，更不具備露天池。儘管如此，姑姑們還是頗欣賞溫泉浴。我成年以後才明白：洗溫泉的效應主要來自溫泉水含有的成分本身，其次來自跟夥伴一起邊洗邊聊的溝通之樂，其三才是自然風景等眼福。雖然潮音莊的「女湯」沒有眼福可享，但是熱海不愧為有一千多年歷史的日本三大溫泉之一，溫泉水的品質相當好，泡一泡全身的肌肉就會鬆開來，讓人覺得積累了一年的疲勞會消失。

我跟兩個同齡的表姊妹回房間，鑽進被褥中，開始談起不可讓大人知道的祕密。我們彼此發誓絕不在午夜前睡覺，但是我從小習慣早睡早起，總是第一個被睡魔襲擊的。十年如一日，到了第二天早上，表姊妹都挖苦我說：「昨晚多麼好玩呀。太可惜妳睡著了，沒享受到。」究竟夜裡發生了什麼好玩的事情，她們永遠不告訴我的。

旅館的早飯比晚飯簡單得多：米飯、味噌湯、鹹菜、生雞蛋、紫菜、烤乾魚、蘿蔔泥，如果再有「蒲鉾」（魚餅）的話，算是格外奢侈的。大人們似乎前一晚鬧了不少矛盾，氣氛相當沉重。好在此後幾個月大家可以不見面了。爺爺奶奶去世以後，父親的兄弟姊妹帶家眷聚會的機會，除了熱海以外只有祭祀爺爺奶奶的法會了。有些人離開潮音莊以後，去海灘上的游泳池玩上半天。聽說，走到游泳池之前，會經過火車站附近的禮品商店，賣著各式各樣有趣的旅遊紀念品。但是，我們家從來沒有一起去過。七口子默默地擠上車，往東京出發，有一段時間沒人說話。沿著海邊道路兜風一段時間後，父親開口問大家：「要不要停在茅崎鮮魚中心吃頓飯？」十年如一日，我們都說「要」。

當時還以為，十年如一日的熱海聚會要永遠繼續下去。其實不然。我去中國留學兩年回來的時候，已經停辦了。具體的原因似乎是某伯伯和某叔叔吵架。不過，最根本的原因大概是孩子們都逐漸成長，能集合在潮音莊的人數越來越少。反正，我自己後來出國漂泊十年，不用說溫泉聚會，連法會都不能參加了。

離開日本以後，我才意識到自己多麼喜歡溫泉。聽說加拿大的落磯山脈有溫泉，好期待地去了，結果發現只有熱水游泳池，男女老少的白人穿著泳衣進去。也聽說匈牙利布達佩斯有溫泉，好期待地去了，果然那裡有土耳其占領軍留下來的華麗溫泉浴室，具備著熱池、冷池、桑拿、烤箱，能讓人享受到對於感官的一切款待。我也去了台灣的溫泉，乃當地朋友介紹的陽明山公共溫泉，挺有味道的。

雙人溫泉到全家溫泉之旅

我回到日本的時候，已經是大人了。男朋友帶我去位於東京最西邊的蛇湯溫泉寶莊旅館。跟喧譁的熱海不同，蛇湯溫泉在海拔六百五十公尺的山區，除了寶莊以外，沒有其他旅館。我們從市區坐兩個小時的火車、公共汽車過去，發現當晚的住客只有我們兩個人。

有五百年歷史的木造旅館相當大，光是宴會廳就有八十張榻榻米大。按照規矩，我們先換穿「浴衣」要去洗澡，聽說這裡的「女湯」和「男湯」是同樣大小的。開門進去，果然浴室不大不小，好在兩面都有很大的玻璃窗戶，外面是茂密的森林，傳來山溪的水流聲。「女湯」裡只有我一個人，唯獨聽到的是自己洗澡的聲音和外面大自然的氣息。最初的黃昏不久變成漆黑，山區的夜間到來，安靜得令人不安。何況，蛇湯溫泉有關於蛇的傳說，是很久很久以前有條受傷的大蛇，自己來到這裡泡在溫泉水中，幾天後就治癒了。這故事寫在江戶時代編纂的《武藏野風土記》中。幸好，那晚我沒碰見大蛇。

寶莊旅館的晚餐以野菜爲主，另有只在清流裡才能生存的香魚（日文是「鮎」），味道特別純粹。當晚我得知：男女雙雙去淡季的山區溫泉，能體會到天人合一的感覺。

那感覺，我後來在奈良縣吉野山也經驗了。曾經公元十四世紀，日本的南北朝時代，南朝設在吉野山上，因此當地的傳說非常多。好比吉野位於歷史、神話、魔幻相交界的地方，那裡的藥房還賣著根據古老處方配的草藥。日本旅館的浴室始終是男女分開的公共池，即使是只有一男一女兩個客人的時候。結果，我又得一個人在空蕩蕩的浴室裡洗澡了，而且在某代天皇都用過的浴池裡。有皇家傳說的旅館，連無人的浴室都有歷史留下來的許多痕跡似的。好神祕。果然，夜裡我作的夢特別複雜。

轉眼之間，雙人時代馬上過去，我的溫泉經驗又回到跟當初一樣的集體活動了。這次是我們夫妻和兩個小孩，以及公公婆婆和小姑子一家五口子，總共十一個人的小團隊。趁孩子們還小，每逢春假和暑假，都找個合適的溫泉區玩兩天，要洗澡、吃飯、輪流表演。

因爲婆家在大阪和神戶之間，目的地一般都在關西地區。神戶附近的有馬溫泉位在高山，夏天去避暑很舒服。城崎溫泉，我們則是去過元旦的，那裡是美味螃蟹的名產地，也是以志賀直哉的小說《於城崎》著名的文學之鄉。古都奈良也有溫泉，能看到當地人當神獸的野生鹿。去淡路島的洲本溫泉，除了在鳴門參觀海中漩渦，亦能享受傳統傀儡戲「人形淨琉璃」，也吃得到名產淡路牛肉。濱松的館山寺溫泉位於濱名湖邊，既能欣賞風景又能嘗到鰻魚料理，還可參觀山葉鋼琴工廠和亞洲最大的樂器博物館，值得一去。岡山的三作溫泉，最大的賣點是瀨戶內海的景色和海鮮。說到瀨戶內海，小豆島溫泉也不錯，那裡是老影片《二十四隻眼睛》的背景，拍攝場地如今成為主題公園對外開放。至於海鮮的吸引力，伊勢志摩大概就是全日本第一名，畢竟皇家飯桌上的魚類是從這裡撈去的。

人生每個階段，溫泉是幸福的訣竅

算起來，不到十年的時間裡，我們去了相當多次旅遊。每次的旅行都盡量要去有溫泉的地方，結果小團隊踏足的溫泉地可也不少了。其中，最難忘的是跟婆婆的哥哥夫婦，以及他們兩個孩子的家庭共七個人，和我們團隊加在一起，十八個人去旅遊的一次。

婆婆的老家在大阪南邊的和歌山縣。我們先開車過去跟和歌山的親戚會合，然後一直往南穿越紀伊半島的世界文化遺產「吉野山、高野山、熊野山的參拜路」，看了看跟綠寶石一樣透明美麗的熊野川，參觀那智瀑布以後，第一晚住宿於港口小鎮勝浦的溫泉旅館「HOTEL 中之島」。

如果有人問我在眾多日本溫泉旅館當中最喜歡哪一家，我大概會提這一家的名字。首先，紀伊半島的自然和文化都非常豐富。光是那邊的山、河、海都值得特地去看，沿著海邊一直開車，一路上通過汽車窗戶看得見海裡魚兒游泳的樣子，可以想像海水乾淨到什麼程度吧。對文化感興趣的人，除了歷史書外，還推薦看看當地出生的二十世紀日本重要小說家有吉佐和子、中上健次的作品，如《紀之川》、《枯木灘》。其次，勝浦是日本鮪魚的大產地，早晨在當地的海產市場能看到競標。其三，中之島旅館是一個小島上只有一家旅館的，住客要從勝浦碼頭坐專船過去。溫泉水自海底直接湧上來，泡在熱水中，大海就在前面。要釣魚的話，借魚竿站在旅館外邊即可，釣上來的魚類可請廚房料理上桌。其四，這裡晚餐和早餐的水平都高到令人難以忘記的地步，尤其是早餐提供的茶粥頗有禪味，特別好吃。其五，吃完早餐想散散步的話，旅館後邊就有登山路，走路走累了，上邊還有泡腳用的「足湯」設備。從頂上眺望的海景好不必說了，還有昔日文人留下的紀念碑。

從勝浦沿著海邊一直往西開車三個小時，便抵達白沙宜人的白濱溫泉。全世界白沙海灘有好多處，可是這裡的沙子眞的很細很乾淨，而且洗了海水浴出來後，可以直接走到旅館洗溫泉。眞是極樂世界。白濱溫泉的另一個魅力是這裡有適當的俗氣。也許是小時候在俗氣的熱海受了洗禮之緣故吧，我總覺得，除非是大人男女雙雙去的旅行，溫泉旅館最好具備一些娛樂設施。幾個親戚小朋友好不容易聚在一起，讓他們玩玩遊戲、打乒乓球，大人在旁邊鼓勵助陣當啦啦隊是滿不錯的。白濱溫泉應有盡有，連動物園裡大貓熊都有幾隻呢。

我的溫泉生涯，從熱海潮音莊起步，經過落磯山脈、布達佩斯土耳其浴室、台北陽明山溫泉，以及沒有別人的淡季山區旅館，跟十一個人的團隊走了西日本好多溫泉地。過去一、兩年，團隊中的大孩子們上了中學忙起來，很難配合彼此的時間了，只好把團隊規模縮小到核心家庭四口子。

人生每段時間，溫泉旅行的形態都會不一樣。例如，我父母不去熱海以後，有十幾年專門跑國外各地。後來過了七十歲，父親身體不好了，動手術出院後的第一個晚上，就是在醫院護士的安排下，去了郊區一個溫泉。那是爲老夫妻團聚而慶祝的儀式，也是父親報答母親看護的方式。又例如，我老朋友彩子，大學時留學出國已經二十多年了，這十餘年都在紐約銀行做事。她每年回日本一趟，一定帶父母和妹妹四個人一起去溫泉。光光旅遊是不夠的，非得有溫泉池能夠一起浸泡才行，否則沒有環境幫媽媽擦背嘛。那就是她孝行的形式，大家都理解。所以呢，我覺得，與其說溫泉有心靈的療傷效果，倒不如說洗溫泉是日本傳統的養生方法，做人之道了。

我正處於四口子走溫泉的階段。最新的收穫是長野縣上諏訪溫泉。從東京新宿站一直坐中央線列車梓號兩個鐘頭，下車後馬上能看到美麗的諏訪湖和湖邊的諏訪湖HOTEL。隔壁有當地的公共浴池片倉館，乃設計了現台灣總統府大樓的森山松之助晚年的作品，估計北投溫泉博物館早年大概就是這樣子的。總之，光是建築就值得去看了，何況在古董般的羅馬式浴池洗個澡以後，還能到樓上休息室，在榻榻米地板上坐下來，喝當地土產諏訪啤酒或者八岳牛奶。第二天去鄰近的松本市參觀國寶城堡，吃特產馬肉料理的時候，你也該會同意我了：溫泉正是幸福的訣竅。

天空樹教東京人重新發現淺草的魅力

明治維新後，在銀座修建磚瓦街，商店櫥窗裡展出了從西方進口的種種舶來品。年輕時髦分子從此不去淺草，要逛銀座大街了。

東京是很大的城市，可以說太大了。因爲太大了，所以連土生土長的東京人都往往只知道東京的某一角落而已。除非有什麼特別的契機，市內有些地區，可能是很大一塊吧，一輩子都不會踏足的。

天空樹（Skytree）的開業，對不少東京人來說，就成了那樣的契機。住在市內西區，之前沒機會去東區淺草、隅田川的東京人，趁難得的機會，要麼從東京鐵塔腳下的日出碼頭坐水上巴士（輪船），或者坐東京唯一留下來的路面電車荒川線（即是在侯孝賢作品《咖啡時光》裡，一青窈常坐的小電車），到了淺草仰望新地標，然後順便走走外國遊客充斥的淺草寺仲見世一條街。

淺草曾經從江戶時代到明治初年是東京最繁榮的鬧區。看文豪夏目漱石回想孩提的散文，姊姊爲了去淺草看歌舞伎，還沒天亮之前就離開早稻田的住家，從附近的碼頭坐上小船，沿著今天的神田川、隅田川，花好幾個鐘頭才抵達淺草，看完戲後又搭船，深夜才回到家來的。同一條路，如今即使坐玩具般的荒川線，都只需要五十三分鐘而已。坐了地鐵則用不著半個鐘頭了。

後來，隨著近代化的進展，東京越來越往西發展。明治維新後，在銀座修建磚瓦街，商店櫥窗裡展出了從西方進口的種種舶來品。年輕時髦分子從此不去淺草，要逛銀座大街了。

一九二三年的關東大地震，一九四五年第二次世界大戰末期的美軍空襲，都對包括淺草在內的下町地區造成了致命性的破壞。有些地區的居民，失去了全部家產後，集體搬去了西郊。比如說，今天以宮崎駿吉卜力博物館聞名的三鷹市連雀町，原來是神田區的一個地名，關東大地震後，整個社區搬遷，不僅是居民連地名都帶走了。總之，東京西部越來越發達，東部則給人以相對沒落的印象。這是大家有目共睹卻不大講出來的公開祕密。只有外人如美國的老一輩日本通Edward George Seidensticker（一九二一—二〇〇七）才在著作《東京：

山手、下町》裡揭破了當地人不敢說的實話。

講回淺草，從雷門通往淺草寺的仲見世一條街上，兩邊都有鱗次櫛比的小商店，在那兒看紀念品，買人形燒等特產零食的，今天大多是外國遊客。日本人卻往往把淺草當作專門讓老外沉浸於日本情調的主題公園之類。實際上，淺草有許多在東京其他地方找不到的老字號食肆、專門店等。換句話說，淺草是眞貨。

例如，位於地鐵站出口，淺草一丁目一番地一號的神谷吧是日本最古老的酒吧，常客都點生啤酒和特製雞尾酒「電氣白蘭」，統統喝光了，就保證喝得醉醺醺。又例如，位於駒形橋邊的駒形泥鰍是一八〇一年創業的老店，能在古裝戲一般的環境裡，嘗嘗跟江戶時代一樣的泥鰍火鍋。或者，位於淺草通和國際通交叉口的宮本卯之助商店，是一八六一年創業的老字號樂器店，宮廷儀式上至今使用他們做的鼓，地鐵淺草站通道邊玻璃櫃櫥裡展覽的豪華神轎，也是該店製造的。

總之，天空樹的開業教東京人重新發現淺草這老地區的魅力了。連岩波書店《文學》雙月刊的二〇一三年七、八月號都推出了「淺草與文學」專輯。可以說，淺草熱潮在日本社會的各方面都正在興起呢。

日本美食之鄉：靜岡縣

無論是駿河人還是濱松人，都在氣候溫暖的魚米蔬果之鄉出生長大，結果養出了率直開朗外向好客的集體性格，可說是交友嫁娶的首選。

我任職的大學有個女文員，夏天給各位老師倒新茶喝，冬天則給大家嘗香甜的橘子。都是她家鄉靜岡縣的土特產。當別人讚揚起靜岡美味來，她就高高興興地補充道：「還有駿河灣的櫻蝦、久能海岸的石垣草莓、濱名湖的鰻魚呢！」

從東京坐東海道新幹線往西向京都、大阪出發，不久就經過以諾貝爾文學獎作家川端康成寫的小說《伊豆的舞孃》著名的伊豆半島，然後在前方右手邊會看到富士山的雄姿。這時在左邊看到的大海就是駿河灣。日本歷史上最古老的詩歌集《萬葉集》（公元七世紀末～八世紀末）裡有一首和歌道：「由田子之浦走出去，馬上看見白色靈山，富士高峰正在下雪。」作者山部赤人是日本奈良時代「三十六歌仙」之一。尤其這一首非常有名，收錄於日本人傳統上過年時候玩耍的「百人一首」紙牌，直到今天仍膾炙人口。而成爲「歌枕」即詩歌背景的名勝田子之浦，就位於駿河灣正中央，在新幹線新富士站和靜岡站之間。

人口三百七十多萬的靜岡縣，總面積達七千七百八十平方公里，日本共四十七個都道府縣中占第十名，比首都東京大出三倍。從伊豆半島東部的熱海起，經過駿河灣，直到濱名湖邊的濱松，靜岡縣裡的新幹線軌道長達一百五十二公里，相當於東京、京都之間共五百一十三公里的約三成了。果然，坐新幹線從東京往京都，穿過靜岡縣花的時間最長。開過了駿河灣西部的靜岡市以後，列車就要度過曾是東海道最大險關的大井川。接著，軌道暫時離開太平洋而移向北，不久在右邊看到以養殖鰻魚聞名的濱名湖，也就是靜岡縣的西端了。

古代日本人把湖泊叫做淡海。鄰近京都的琵琶湖名爲「近淡海（也叫近江）」，相對遠方的濱名湖則名爲「遠淡海（也叫遠江）」。兩個湖泊的所在地就叫做近江國和遠江國。直到一八六八年的明治維新以前，現靜岡縣東部的伊豆地區、中部的駿河地區、西部的遠江地區，由三個不同的諸侯統治。雖然如今都屬於同一個縣了，但是三地居民至今把自己視爲伊豆人、駿河人、遠江人。尤其駿河是大名鼎鼎的德川家康故鄉，曾經是東海道五十三驛站之中最大的駿府宿場之所在地，當地人仍舊引以爲榮還能夠理解，但是他們也因此對今天縣裡人口最多，工業發達，山葉鋼琴、河合樂器、鈴木摩托車等著名企業輩出的濱松市反感甚至瞧不起，則讓人難以理解了。

有趣的是，從外人看來，無論是駿河人還是濱松人，都在氣候溫暖的魚米蔬果之鄉出生長大，結果養出了率直開朗外向好客的集體性格，可說是交友嫁娶的首選。何況，靜岡縣人的冰箱裡永遠裝滿著故鄉寄來的各種美味，誰不想跟他們交往呢？

梓二號之旅

旅行的真諦在於離開日常生活而進入另類時空、另類存在狀態。那麼，我在「特急梓二號」上過的時間，著實說得上是旅行了。

說到「梓二號」，中年以上的日本人大都會哼起來：明天我將要啓程，跟你不認識的人一起，走上本想同你去的初春時分信濃路……那是兄弟二人組「狩人」一九七七年出道而一下子爆紅的暢銷歌，當年賣了五十萬張唱片。「梓二號」是從新宿開往長野縣松本市的中央線「特急」列車名稱，歌曲高潮部分則唱道：坐八點整開車的「梓二號」，我、我、我、我將要離開你……

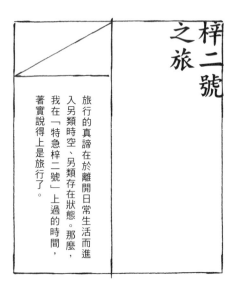

這些年，我都住在中央線沿路，在火車站常常看到「特急梓號」。也有幾次，坐兩小時的下行車，去過古城松本以及鄰近的諏訪湖溫泉。至於上行的「特急梓號」，乃以新宿為終點，離我家住的東京西郊國立市，才半個鐘頭的旅程而已。雖然跟老是擁擠的通勤車相比，坐對號車該舒服很多，但日常生活是日常生活，旅遊是旅遊，兩者始終不是一回事吧。

然而，不久前一個秋天，我忽然鬧起嚴重的腰痛來，連走路都覺得有天大的困難，何況搭擁擠的通勤車上班了。我任職的明治大學，在東京附近擁有三個校區。平時教書，我都搭乘以西郊立川，即國立的下一站，為起點的南武線電車，沿著多摩川和多摩丘陵，坐往東南川崎方向，到了登戶就換小田急線，再坐一個站就抵達教職員接送小巴的上車地點向丘遊園站。因為從起點站乘坐，大多時候都占得到位子，雖然忍著腰痛，拄著枴杖上班很不容易，但是勉強還行。問題在於每週一次，為了大學博物館的會議，要去御茶水駿河台校區的時候。

中央線的立川和御茶水之間，可以說是全日本通勤最艱苦的地段之一。班次很多，乘客更多，尤其是大家上下班的早晨和傍晚時分，每輛車都擁擠到令人感到生命危險的地步。那「人」還是指普通人、健康人呢。鬧著腰痛，行動不方便的「人」還了得！我要解決的問題很清楚：如何占個位子？連站穩都不容易的腰痛患者，不可能站在擁擠到極點的中央線車廂裡一直到市區御茶水去的。

我首先想到的對策是：既然從立川上南武線就能占到位子，中央線也從起點站上車不就成了嗎？於是有一個早晨，我搭乘下行車，探險家一般地尋找中央線通勤電車的起點去了。下行車的目的地，白天有立川、豐田、八王子、高尾等。然而，早晨高峰時間的班次，果然全起於東京最西端，據說日本傳統妖怪「天狗」集體棲息，法國米其林旅遊指南書都給了三個星星的高尾山。從我家住的國立到高尾單程就需要二十五分鐘，往返則要起碼五十分鐘了，相比之下，從國立到御茶水是四十五分鐘的車程。不成比例不在話下，那天中途還發生了小事故。結果，我遲到十五分鐘，才忍著腰痛走進大學博物館地下的會議室，挨了大家的白眼，到底是多大的冤枉呀！但是，要從只有「快速」停的國立，或者從「特快」停的立川，每週一次站四十五分鐘去市區嗎？不行也！

該怎麼辦？正好那個時候，我注意到了：對面月台上停著上午八點四十一分離開立川站的「特急梓二號」額外開往東京去。因爲御茶水在新宿和東京兩站中間，如果坐一般的「特急梓號」到新宿，我還需要在那兒換上擁擠不堪的「快速」車。然而，搭乘這班「梓二號」直到終點東京站的話，返回來時的位子都保證有。豈不是上帝恩賜的禮物嗎？我拄著枴杖，搖著身子，跑上天堂快車「梓二號」，跟乘務員要了一張對號票。八百三十塊日圓，相當於普通票的一倍再加三成，或者說吃一頓簡便午餐的費用。貴嗎？爲解救燃眉之急嘛！

後來，腰痛痊癒之前，大約有兩個月吧，我每週一次都預購上午八點四十一分離開立川的「特急梓二號」對號座位。當別人板著臉搭乘搞不好會有生命危險的「快速」車之際，我一個人購買罐裝咖啡和當天出版的週刊雜誌，泰然自若地坐上跟高鐵一樣舒服的「特急」車，看著沿路老百姓生活的模樣，享受四十五分鐘的小旅行。用一個詞來形容感受的話，便是：奢侈。

旅行的眞諦在於離開日常生活而進入另類時空、另類存在狀態。那麼，我在「特急梓二號」上過的時間，著實說得上是旅行了，因爲平時從擁擠不堪的「快速」車上看到的沿線風景，和安然坐在「特急梓二號」時看見的景色，顯然不一樣。鬧起腰痛以後，覺得壓力太大的博物館會議，後來變成了令人期待的外出了，這都歸功於上午八點四十一分離開立川站的「特急梓二號」。

卷參

旅行家的飯桌

玫瑰色的烤羊排

自己，除了受過北京東來順的涮羊肉、烤肉季的烤肉，以及新疆烤羊肉串的洗禮以外，還有一次，在法國巴黎香榭麗舍大街上的一家餐廳，嘗到了美味到作夢一般的玫瑰色烤羊排。

最近一個週末，我請一位同事帶太太、公子來我家玩，晚上要烘烤羊排大家一起吃。

一般說來，日本人是不大吃羊肉的。看日本政府農林水產省發表的統計，羊肉的消費量在各種肉類的合計中，才占百分之零點五而已。相比之下，豬肉占百分之四十四、雞肉占百分之三十三、牛肉則占百分之二十三。一億三千萬日本人每年消費的羊肉，只有兩萬七千噸；其中，國產羊肉僅有三百噸，也就是百分之一。

羊肉的流通量那麼少，果然在一般的肉店裡是很少見到的。我家附近的紀之國屋超級市場，因爲剛創業時主要針對旅日外國人，所以至今賣美國火雞、丹麥奶酪、紐西蘭羊排等。在鮮肉冷藏櫃裡，進口羊排占的位置是最上層的最右邊，一看就知道是跟和牛沙朗並肩的高級肉類。儘管如此，普通日本人都嫌羊肉腥，我估計就是沒有機緣所致。

在我的朋友當中，卻有的是羊肉粉絲，其中多數是在國外受的啓蒙。我自己，除了受過北京東來順的涮羊肉、烤肉季的烤肉，以及新疆烤羊肉串的洗禮以外，還有一次，在法國巴黎香榭麗舍大街上的一家餐廳，嘗到了美味到作夢一般的玫瑰色烤羊排。另外，曾在加拿大居住的六年半時間裡，有機會品嘗的眾多食物中，最難忘的就是一個朋友在家中廚房烘烤的羊腿，乃蘸著英國式薄荷醬吃的。

這次請來的同事是法國文學專家，幾乎每年夏天都帶家屬去巴黎研究。只是今年，他家有個大學應考生，使父母覺得不方便留下他一個人出國。我請來同事夫婦和他們家的老小，一起吃烘烤羊排，即使比不上巴黎餐廳的味道，至少可以當作談談法國回憶的話題吧。

我做的烘烤羊排是英國式的。在整個羊排上擱了蒜末、鹽、胡椒後，放進烤箱裡，以攝氏兩百度的高溫烘烤到外面稍微燒焦，內部溫度上升到攝氏五十度爲止。接著，用錫箔紙把羊排包起來，放置二十分鐘，使得肉汁不流出來。上桌後，用大刀把羊排沿著肋骨一根一根地切割開來，在每個人的盤子上放三根，再配上烤馬鈴薯和奶油紅蘿蔔、四季豆，臨吃前，蘸點肉醬和薄荷醬就是了。

烘烤成功的羊排，切割以後，裡面呈現充滿魅力的玫瑰色，對羊肉粉絲來講，簡直發出令人無法抗拒的吸引力。幸虧，這晚的三位客人加上我家四口子，全是不折不扣的羊肉迷，大家都默默地吃了羊排後，捨不得似的還叼著排骨呢！

粉紅色的魚子沙拉和藍色的起司

日本很多超級市場都賣古岡左拉起司，但是從來不分「辣的」和「甜的」，再說遠遠運輸過來後難免多少失去風味，還不如盡可能去當地採購。

請朋友來家裡吃飯，除了主菜烘烤羊排以外，作爲開胃小菜，我都要做魚子沙拉的。英文所謂的Taramasalata，好像發源於希臘、土耳其，本人則忘不了曾在東馬婆羅洲古晉市的小黎巴嫩餐廳嘗到的美味。總之，應該可以說是地中海東部風味。它在北美、西歐大城市早已廣泛普及，被視作充滿異國情調的小吃或冷盤了。

日本流行的食譜說要把馬鈴薯泥和魚子混合在一起；美國的則說要用白麵包。我比較喜歡美國式不黏的口感；於是把三片白麵包先用半杯水弄濕，然後跟兩百克鱈魚子、兩個蛋黃、檸檬汁、橄欖油一起混合，放在食物調理機（food processor）裡面以高速度回轉半分鐘就是了。做好的魚子蘸醬，先放在冰箱裡冷卻，臨吃前，盛在各自的小碗裡，配上麵包片上桌。西式冷盤裡常見的蘸醬，例如魚子沙拉或雞肝醬等，材料並不複雜，就是需要把各材料搗碎混合。我以前覺得好麻煩，前些時買了美國製Cuisinart牌的食物調理機以後，特別省事，可以經常做了。

用鱈魚子做的蘸醬呈現浪漫的粉紅色，好迷人。我決定將上次去義大利翡冷翠帶回來的藍色起司都從冷凍庫拿出來，一起放在盤子上了。

義大利著名的古岡左拉（Gorgonsola）藍色起司，去了當地的中央市場門市部後，居然有「辣的」和「甜的」兩種。實際上，說「辣的」也不含辣椒，叫「甜的」也不含砂糖，就是成熟程度不一樣罷了。嘗嘗「辣的」，味道確實很刺激，舌頭尖端竟有「麻」的感覺；「甜的」在舌頭上留下的印象，則像鮮奶油或奶油那麼的滑潤。日本很多超級市場都賣古岡左拉起司，但是從來不分「辣的」和「甜的」，再說遠遠運輸過來後難免多少失去風味，還不如盡可能去當地採購。回到家後，用保鮮膜密封再放進塑膠袋裡，在冷凍庫保存，幾個月都不會變質。

跟這天的主菜烤羊排一樣，藍色起司也並不是日本多數人能接受的。好在我的家人和法文老師的家人，都在世界各地嘗過美味，對外來的食物頗爲心胸開闊的。說實在，英文專家們經常講：怎麼搞中文的和法文的都那麼著迷於美食呢？所以，說不定我們是分別受了中國文化和法國文化的薰陶，結果連自己帶家人都成了不折不扣的「吃貨」，不亦樂乎！

筷子和牙齒之間

大部分日本人一輩子在日本生活，對老家規矩從不提出質問。我卻喝過中國、西方的水，對沒有切小塊的食物，沒有刀叉的飯桌，不能不感到很彆扭。

已到初秋了，但東京菜市場上賣的青椒還是很大很甜。於是我想到做鑲青椒當晚飯主菜。只是有件事情，我一向想不通的：一個大青椒約有十公分長，若塞入大約二十五克豬絞肉，不大可能一口氣就吃完。但是，分幾口吃，場面又嫌不雅，該怎麼辦？

據說，西方人到了十六世紀才開始用叉子。之前，他們是一手拿刀子切肉，一手抓肉吃的。相比之下，中國人早在孔夫子的年代，已經開始用筷子吃飯。稍後的孟子曰：君子遠庖廚。也就是說，揮刀料理是廚子、女人的事，大男人專門負責舉起筷子來吃食。總之，凡是中國菜，上了桌的菜餚再也不需要用刀子切，能夠直接使用筷子放心地吃。

反過來看日本的情形，公元七世紀，從中國經朝鮮半島，傳來了筷子。到了八世紀，貴族領先開始用筷子吃飯，後來也普及到社會各階層去了。西方式的刀叉，至今只在吃西餐時特地拿出來用；平時在家吃日本菜，桌子上連羹勺都看不到，只有一雙筷子而已。

儘管如此，在廚藝方面，日本人卻從來沒學到中菜的刀法。例如，把肉切成同樣大小的片、丁、絲等等，在中國文化圈連普通人都懂的手藝，在日本，只有專業廚師才會做的。給一般人看的食譜，往往就說：把肉切成「容易入口的大小」即可。說實在，很多種日本菜餚，沒有切成小塊就上桌，可是桌上又沒有刀叉，臨吃之前要自己切小塊都不可能。例如：天麩羅明蝦是把整隻明蝦裹麵油炸的，全長約有十五公分，沒有刀叉怎麼吃呢？答案：用門牙咬斷。又例如：壽喜燒用的牛肉片，一張約有將近四十克，在鐵鍋裡煮好的肉，按照習俗蘸生雞蛋後，一口氣吃不完該怎麼辦？答案：用門牙咬斷。

大部分日本人一輩子在日本生活，對老家規矩從不提出質問。我卻喝過中國、西方的水，對沒有切小塊的食物，沒有刀叉的飯桌，不能不感到很彆扭。比方說，當面對十公分長，含二十五克豬絞肉的鑲青椒之際。其實煎熟後，倒湯汁蓋鍋燜煮的鑲青椒，口感軟綿綿，並不難用門牙咬斷的。可見，主要的問題並不是技術方面，而在於場面雅不雅觀。

昨天晚上，我家四口子吃飯，果然大家拿肥胖的青椒有點爲難。不過，最後都發揮日本人的本事來，邊用門牙咬斷邊咀嚼吃下，還說：味道不錯。我看著家人的樣子，心裡想：下次把它用番茄和紅酒調味，完全弄成西方菜，用刀叉吃就好了。然後，作爲參考，順手打開中餐食譜看看粵式鑲青椒的做法，誰料到第一行就寫著：每個青椒切開三大塊，再修成直徑六公分之圓形。還是漢人厲害。

俄羅斯式生魚片

我曾經在荷蘭哥本哈根機場的等待時間裡，在商店買的開口三明治上有肥肥的生鯡魚片，吃起來非常可口，堪稱為味覺上的豔遇。

融入於日本家常便飯的西餐，有一部分顯然源自俄羅斯。比方說，給肉丸子抹上了麵包粉以後油炸的炸肉餅、把煎好的肉丸子煮在番茄醬汁裡的漢堡排、將煮熟的馬鈴薯丁和火腿絲等一起用美奶滋蛋黃醬拌一拌的馬鈴薯沙拉等。在小學、中學提供的營養午餐裡時常出現，一向受同學們熱烈支持，撒滿白糖的油炸麵包也應該是受了俄羅斯影響的。日本人直接接觸到俄羅斯文化的機會，歷史上並不多見，因此我估計，這些菜式恐怕是二十世紀中期以前，通過中國哈爾濱、上海租界等地方，傳到日本來的。

我家附近就有一家俄羅斯餐廳叫做「酸奶油」，老闆曾多年在新宿「松花江」餐館工作，而「松花江」正是著名歌手加藤登紀子的父母親，第二次世界大戰結束以後，從哈爾濱遣返回日本後開張的。在明治大學教法語的我同事，乃一九七〇年以《洋槐花的大連》獲得了芥川賞的小說家清岡卓行之次子。他雙親都生長在一九〇五年日本從俄羅斯奪取的不凍港大連，直到因日本戰敗而給遣返回來為止。至今在他的家庭成員之間流傳下來的大連風味，有家裡手工做的水餃和去餐廳享受的俄羅斯菜。

我本人跟俄羅斯或者大連都沒有地緣、血緣，是個單純的俄羅斯菜粉絲罷了。這些年來，在長春、哈爾濱、北京、上海、香港等地的餐館，嘗到過融入於當地飲食文化裡的俄羅斯菜。回日本定居以後，我先去了幾次「酸奶油」，後來開始看著食譜自己做。羅宋湯、俄式酸奶油炒牛肉飯、烘烤豬肉配酸奶油、餡餅等都受家人、客人歡迎。可到底都是日本人，大家對生魚片的興趣始終最大。

全世界吃生魚的遠不僅是日本人。我曾經在荷蘭哥本哈根機場的等待時間裡，在商店買的開口三明治上有肥肥的生鯡魚片，吃起來非常可口，堪稱為味覺上的豔遇。誰料到，「酸奶油」供應的俄式冷盤裡也有類似的生鯡魚片、生鮭魚片。翻開食譜看做法，原來只是用鹽、糖、胡椒和小茴香葉醃過一夜的。吃時切成一片片，並配上薄餅和酸奶油，捲起來的吃法猶如烤鴨一樣。

前些時女兒過生日，特地向母親要求說：想在家裡盡情吃「酸奶油」那樣的俄式生魚片。於是我準備好了紅白兩種醃魚（鮭魚和秋刀魚）、應時的鮭魚子、高麗菜沙拉、馬鈴薯沙拉，以及吃俄羅斯菜不可缺席的酸奶油，另外也調好了發麵，等臨吃之前一張一張地油煎。當晚六點多開飯，大家拿起剛煎好的薄餅，把魚片、沙拉等放在上面，澆了酸奶油後捲起來吃。既好吃又好玩，給女兒過了個快樂的夜晚。那樣吃的生魚片，果然跟蘸著山葵、醬油吃的日式生魚片是完全不同的味道，可說趁閨女的生日，舉家享受到了旅行家的口福。

稻草富翁的可樂餅

這位老婦人的娘家是曾在伊香保溫泉區經營過日本最古老的西式旅館之一的，所以她不僅從小接觸到西方古典音樂，而且向來習慣吃名廚做的西洋料理。

稻草富翁是日本很有名的童話人物，最早在十二世紀編撰的《今昔物語》一書裡出現。本來他是個一無所有的窮人，手裡只有一根稻草，可是經過幾次的以物易物，最後成爲大富翁。至於可樂餅，乃上世紀初普及的日式西餐之代表食品，據說從法國菜croquette演變而來的，簡單而言是裹上了麵包粉後油炸的馬鈴薯糰子，跟咖哩飯和吉列豬排一起被譽爲「大正三大洋食」。總之，在日本沒有人不知道可樂餅爲何物，尤其是小朋友們，一看到它就會高興地蹦起來的。最近我收到了別人送來的十四個手工可樂餅和一包萊姆酒核桃蛋糕，頗有成了稻草富翁一般的成就感。事情是這樣子的……

幾個月以前的一個星期天，我去住家隔壁一橋大學的禮堂聽一場音樂會去了。節目是貝多芬作曲的交響樂加上鋼琴協奏曲。因爲交響樂團裡有我女兒的小提琴老師，我們順便買票捧場去的。到場以後才發現，原來小提琴老師的父母大人就坐在我們旁邊的位子上。

八十多歲的老夫婦，原先是讀賣交響樂團的低音大提琴手和小提琴手，如今早已退休，身體仍非常健康。老太太告訴我：最近開始學太極拳了，感覺非常好，只可惜師傅是日本人，對太極拳各類動作的中文名稱不大熟悉，於是自己買來了幾本參考書要研究一下，但是裡面介紹的中文發音又跟老師說的不一致，教人糊裡糊塗，摸不著頭腦。於是我對她說：中文發音，本人算是內行，隨時都可以幫幫忙。

過幾天，女兒上小提琴課，帶回來了老太太在兩張大紙上用鉛筆書寫的太極拳用語一覽。什麼「雙手托天理三焦」啦，「左右開弓似射鵰」啦，我打開電腦一一用漢語拼音注音，並且用日文片假名附上了大致的讀音後，叫女兒帶去交給老太太。她馬上打電話過來道謝說：好比得到了個寶物一樣高興。本來還提出要給報酬，我卻謝絕了。

未料，過一個星期，女兒又去上小提琴課，回來的時候，在她背包裡裝滿著可口回禮。打開一看，果然是老太太親手做好後冷凍的十四個大可樂餅，以及也是自家製造的西式糕點。於是我想起來了，這位老婦人的娘家是曾在伊香保溫泉區經營過日本最古老的西式旅館之一的，所以她不僅從小接觸到西方古典音樂，而且向來習慣吃名廚做的西洋料理，包括用白醬和馬鈴薯泥做的正宗法式可樂餅、放滿了核桃和葡萄乾後用萊姆酒加香味的歐陸式蛋糕。

第二天晚上，我就把老太太送來的可樂餅解凍後油炸，女兒和我各吃了三個，兒子和老公則各吃了四個，然後還把核桃蛋糕切成薄片給大家賞味。到底是手工做的食品比買來的親切，帶來的滿足感也更大，非常好吃。這次我幫老太太做的小差事，本來完全屬於自願義務性質的。正因爲如此，當收到本來沒期待的答禮時，感到加倍高興。更何況兩種禮物都散發著近代初期的日本上流階級向西方學習的泰西文化之香味，吃起來特道地可口。

日本菜的凋零

藪蕎麥和山之上飯店一向都是在東京人印象裡的老字號兼地標，誰也沒想到有一天會消失。如今一個接一個地要變成歷史，令人深感寂寞。

有朋自遠方來，不亦樂乎？該盡地主之宜，好好招待一番了。既然是外國賓客，請吃當地日本菜爲佳。但是去哪裡請吃什麼好呢？

東京最充滿日本味道的地方是淺草。那裡有著名的駒形泥鰍鍋店、今半和米久兩家老字號牛肉鍋店，另外也有壽司一條街，個人經營的小壽司店鱗次櫛比。可是，我的外國朋友這回要住神田神保町，乃全球舊書店最集中的地方，周圍也有好多所大學、出版社，作爲中年文人下榻的場所，可說是再好不過的選擇了。只是，那一帶是從明治初年，即十九世紀後半葉的「文明開化時代」才興起的，多數食肆賣外國菜。比方說，已故小說家吉田健一，即前首相吉田茂的公子，在中央大學任教時常光顧甚至當會客室用的Luncheon，乃啤酒屋兼西餐廳。留學時期的周恩來曾去過的漢陽樓自然是中餐廳。一九三六年開張的鈴蘭通包子店名副其實地專門賣中式包子和餃子。學生們常排隊的埃塞俄比亞則是咖哩飯館了。

以前，離神田車站不遠的神田連雀町有藪蕎麥，能夠在被市政府指定爲文物的純日本式房子裡吃到東京風味的蕎麥麵條，可惜在二〇一三年二月的火災中遭受了嚴重的破壞，非得拆掉後改建不可，暫停營業一段時間。歷史小說名家池波正太郎，生前常去御茶水車站附近的山之上飯店吃天麩羅，可是這家飯店也在藪蕎麥的兩個月以後鬧了火警，結果影響到飯店名聲，據說要找個買家出售了。藪蕎麥和山之上飯店一向都是在東京人印象裡的老字號兼地標，誰也沒想到有一天會消失。如今一個接一個地要變成歷史，令人深感寂寞。

二〇一三年底，聯合國教科文組織決定把「和食」即日本菜列入世界無形文化遺產，乃僅在法國、地中海、土耳其菜之後的第四名。日本政府要振興「和食」，一方面是爲挽回福島核電廠事故以後失去的食品出口市場，另一方面則要趁世界各國正流行日本菜之機促銷國產食品、引進遊客，也都跟國際經濟活動有關係。然而，實際上，在日本人日常的飲食生活當中，本國傳統的「和食」占的比率正直線降低。據二〇一二年的民意調查結果，日本小孩愛吃的食物，除了第一名壽司之外，第二名拉麵，第三名咖哩飯，第四名韓式烤肉，第五名漢堡排等，都是受了外國影響的食品，何況下面還有牛排、義大利麵、炸薯條、漢堡包、披薩餅、蛋包飯等等。

也就是說，在傳統日本料理當中，如今還受廣大國人支持的似乎只有壽司，果然跟外國人最喜歡吃的日本料理不謀而合了。所以，有朋自遠方來，我也就是請他吃壽司好了，對不對？

東方女孩闖世界

離鄉背井闖世界的東方年輕人，似乎女孩子明顯占了多數。

二〇一三年春天去了一趟義大利。正碰上復活節，古都翡冷翠擠滿了世界各地來的遊客。聽他們講的語言，顯然有美國、英國、德國、法國、西班牙等各地方來的人士。至於東方遊客，雖然有日本人也有韓國人，但是占多數的是中國人。

記得一九八〇年代中，我在中國留學的日子裡，每次放假都揹著背包，一個人闖大陸南北去了。當時的主要交通工具是鐵路，而在長途火車上的中國旅客，幾乎清一色是男性。他們要麼去出差，或者回家探親，但是甚少有人在旅遊，因爲純粹屬於玩樂的旅行，當年在中國大陸是仍未興起的。在社會主義的中國，雖然說女人能頂半邊天，但是實際上，男女兩性的地位並不相同，鐵路上的情形是其中一個表現。在那麼個環境裡，人們不能理解我這個外國女孩一個人坐上火車幹麼？出乎理解之外，他們常把我當作賣衣服的個體戶大姐了。

俗話說，三十年河東，三十年河西。如今的中國正處於旅遊熱潮時代。我前些時看到了萬里長城跟上海南京路一般擠遊客的照片，但是萬萬沒有想到，到歐洲名勝去觀光的中國遊客也會一樣多。跟著導遊走的男女老少旅遊團，在翡冷翠、比薩等地，我看到了好多。看樣子跟同事到歐洲出差，順路觀光世界文化遺產的先生們，我也見到了幾批。不過，印象最深刻的，倒是二十幾到三十幾歲的女性；她們要麼跟同性朋友一起，或者帶同年邁的父母，果敢踏上了自由行之路的。

我最初注意到她們是在翡冷翠中心區的餐廳裡吃晚飯的時候。旁邊位子的客人是三個東方女性，聽她們說話的口音，原來是大陸出身的中國人。眾所周知，西方各城市好一點餐館的客人，向來以夫妻、情侶或者家庭小團隊爲主，同性夥伴聚餐的情形，雖然不是完全沒有，但一貫屬於少數，尤其在晚餐時間。因而三個中國女性占一個桌子的場面，多多少少不能不引起旁人的注目。好在翡冷翠是世界級的觀光地，什麼樣的客人，餐館夥計都早已司空見慣，對於東方娘子軍，伺候的態度也夠彬彬有禮。她們點菜的時候，講的是相當流利的英文。於是我估計，大概是就讀英國大學的中國留學生，趁復活節假期來義大利旅行的。她們喝著礦泉水，各吃一盤菜，半個鐘頭後就走了。

第二天晚上，我去火車站附近另一家餐館，碰上了同樣年歲的兩個中國女性，一進來就點了當地名菜翡冷翠式牛排。這種菜式一定要用所謂的T骨牛排，並且以一份一公斤為標準量。兩個中國女孩子協力面對大盤烤肉，成功地吃光後，加點了甜品和咖啡。這兩個人在餐館裡待的時間比前一晚的三人幫長一些。然而，在同性夥伴之間，還是沒有特別快樂的氛圍。她們之間的關係，也許說不上什麼閨蜜，只是單純的同性同鄉同學關係，為了安全起見，結伴出外旅遊而已。

改天，我去比薩看斜塔。在翡冷翠火車站等候時，看到了似是四十上下的中國北方女性帶著六十多歲的父母親，三個人在義大利旅行。恐怕是未婚的職業婦女吧，有錢有本事招待父母親去歐洲遊覽。老人家年輕時候，估計連想像都沒有想像過，他們的獨生女有朝一日不僅去國外念書而且工作賺錢，還策畫三口子的西洋漫遊。然後，在翡冷翠的商業區，我也有幾次看到了父母女三人行的中國人。想起三十年以前，中國的長途火車上幾乎沒有女性旅客的情形，我的感慨良多。身為資深背包客，我知道，單獨在國外旅行就不容易了，何況帶領兩個不會講外語、說不定也吃不慣外國菜的老人家走？我眞佩服大妹們的氣概。

三十年前，我們是單獨闖世界的第一代日本女孩。十五年前，我注意到，台灣女孩都開始往外跑了。這次在翡冷翠中心區的個人經營快餐店外，我碰上了一個三十幾歲的台灣女子，跟白人男朋友一起站在外頭，一邊喝葡萄酒一邊吃招牌的牛肚三明治，顯然活得非常快樂。現在，中國大陸的女孩子們，也終於成群去國外念書旅行，同時不忘記孝順父母。我相信她們也很快就學會如何享受有限的人生。

有趣的是，離鄉背井闖世界的東方年輕人，似乎女孩子明顯占了多數。於是我估計，古老東方的女孩子，覺得人生處處是拘束，因而渴望往外尋找自由的空間。相反的，古老東方的男孩子，則從小被寵愛，覺得何必到異鄉吃苦？無論如何，旅遊毫無疑問是認識世界的最佳方法。國家經濟發達到一定的程度，公民才能享受到國外旅行的自由。這一點，絕對稱得上是進步。

世界文化遺產的弔詭

各地的世界文化遺產正遭受觀光化的打擊，該說已到了燃眉之急的地步。

前後去了兩個世界文化遺產：義大利翡冷翠與馬來西亞馬六甲。兩個擁有完全不同歷史的城市，意外地給我留下了相似的感想：世界文化遺產的認定帶來的觀光化，對文化遺產本身反倒構成了嚴重的打擊。

世界文化遺產的認定，目的是發揚並保護人類共同的古蹟。以翡冷翠爲例，它是歐洲文藝復興的發祥地，有許多宮殿、教堂、博物館以及在裡面展覽的繪畫、雕刻等等，能參觀的景點實在很多，把整個歷史區認定爲文化遺產，著實有道理。

其實，早在一九八二年的世界遺產認定前，翡冷翠也是著名的旅遊勝地。例如，俄羅斯浪漫樂派作曲家柴可夫斯基，一八九〇年寫的弦樂六重奏〈翡冷翠的回憶〉，就是他在贊助者梅克夫人的支持下，從俄羅斯老遠去翡冷翠小住時的印象所啓發。難得的是，他曾住的房子，在一百二十多年後的今天仍然存在，仍然有人住。再說，在同一條小路上，還有比柴可夫斯基早三百年，伽利略·伽利萊住過的老房子呢。

如此豐富華麗的歷史，理應吸引許多遊客，尤其被聯合國教科文組織推薦爲世界文化遺產以後。當我到翡冷翠的三月底，正逢復活節的假期，許多歐洲中學生團隊在老師的帶領下來參觀各景點，另外也有好多年輕人跟幾個朋友結伴來玩樂。白天前者的人數太多而造成觀光的障礙，晚上則後者的聲音太大而妨礙無辜旅人的安眠。

在馬來半島的古都馬六甲，更荒謬的打擊正在進行中。貫穿歷史區的馬六甲河兩岸，以前只看到一排老房子的後門；這幾年卻請畫家來，用鮮豔的油漆整面都畫了既像塗鴉又像迪士尼卡通的壁畫，並且在河岸上開了一家又一家的啤酒屋，最後還在沿岸一路設置了燈光照明，以便啤酒屋的醉漢以及遊船的乘客，夜裡都看得清楚歷史區化過妝的新面貌。爲了娛樂遊客而改造歷史區，似有誤解了世界文化遺產本旨之嫌。可是，被世界文化遺產吸引而來的多數遊客，尋找的恐怕就是好看、好玩的景點。

馬六甲海峽邊新蓋的馬六甲塔，令外來遊客嘆息不已。但是，反省一下我的祖國日本在二十世紀後半走來的路，不僅東京蓋了東京塔，京都也蓋了京都塔，橫濱蓋了海洋塔，神戶蓋了港口塔，誰有資格反對馬六甲人建設屬於自己的觀光塔，何況馬六甲的老對手吉隆坡曾有過世界最高的大廈？

位於荷蘭廣場和唐人街中間，跨過馬六甲河的金聲橋邊，我去的時候擺著巨大的鄭和寶船模型，上面寫的方塊字說：歡迎中國政協主席賈慶林訪問馬六甲。其實不僅是政協主席，很多中國平民都參加旅遊團，坐一輛又一輛的大巴士來馬六甲觀光。相比之下，日本遊客則寥寥無幾，而且幾乎都是已退休的老年夫婦了。曾經一九七〇年代吧，大批的日本旅遊團到東南亞、歐美各國去觀光，以種種不文明的行爲引起了當地居民和媒體的皺眉和嘲笑。如今的大陸遊客看起來大多夠文明禮貌的樣子，可是部分人的所作所爲還是在各地引起批評，令人難免有三十年河東，三十年河西的感慨。

各地的世界文化遺產正遭受觀光化的打擊，該說已到了燃眉之急的地步。那觀光化也往往帶著迪士尼化的色彩，例如：翡冷翠街頭越來越多的快餐店都推出披薩片／可樂套餐。當然，三十年前領亞洲各國之先讓東京迪士尼樂園開張的是日本人，哪能批判人家走同一條路？哎！

卷肆

獨特的旅行一冊：日本人的南蠻情結

馬六甲紀行：聖方濟各的螃蟹

不少峇峇娘惹，面臨時代環境的大轉變，早已離開馬六甲而移民去了外國。

去了一趟馬六甲，玩得、吃得都挺愉快。沒去之前，有個朋友告訴我：看古建築，妳非得去檳城不可，李安不是在那兒拍了《色，戒》的外景嗎？但馬六甲呢，大家多說是「馬六假」，別去好了。

二〇〇八年，馬六甲和檳城一起被列入世界文化遺產名錄。我知道，有不少古蹟，成了世界遺產以後，太多遊客湧上來，使得原有文化遭到嚴重的破壞。儘管如此，我還是非去馬六甲不可的，因為日本史的教科書上出現的第一個西方人，耶穌會士聖方濟各・沙勿略，就是在馬六甲認識一個叫彌次郎的日本人，才決定往遠東出發的。

沙勿略在日本的名氣，一點也不亞於他夥伴利瑪竇在中國的名氣。尤其對嚮往海外的日本人來說，他簡直是歷史性偶像。我曾經旅居香港的日子裡，常去澳門路環島，就是由於那裡有小巧可愛的聖方濟各教堂，可以啓發各種歷史想像。

這次，我們四口子從東京飛往吉隆坡，在機場換坐計程車，一路往馬六甲奔馳了。夜裡抵達的古城歷史區，到處掛著紅色燈籠，微微的光線射在河面上浮動，給人一種走進了影片裡一般不知是現實還是夢的感覺。

第二天早晨起來吃完早飯，我們就穿過花稍三輪車密集的荷蘭廣場，冒汗上階梯到位於小山上的舊聖保羅教堂遺跡。那裡有個沙勿略像，望著腳下的馬六甲海峽（照片①）。我好比是看到了憧憬多年的老偶像，心中感動至極。走下坡，馬六甲河邊有聖方濟天主堂，院子裡設著沙勿略和彌次郎師弟的石像（照片②）。

馬六甲是多種族城市：有馬來人、印度人、華人、以及華人和當地人混血的峇峇娘惹等。另外，至今都有跟沙勿略同一時代過來的葡萄牙人後裔居住的社區。聽說，那裡有能坐在馬六甲海峽邊吃海鮮的餐廳，於是我們傍晚搭計程車過去。果然，用油漆塗成奶油色、天藍色的木造平房裡掛著聖母的肖像，車子到了盡頭，就有十家露天餐廳鱗次櫛比。

我們點了胡椒螃蟹、黃油蒜頭炒中蝦、油炸魷魚、特色茄子、馬六甲炒飯。樣樣都挺不錯的，尤其那螃蟹殼大肉嫩，是可圈可點的美味（照片③）。記得沙勿略有幾則關於螃蟹的傳說，其中之一說：受他祝福後，馬六甲海峽產的螃蟹，甲殼上有了十字架花樣。那晚吃的螃蟹甲殼上沒有十字，也好啊，免得我們吃掉聖人徒弟了。

上左照片① | 日本歷史教科書上出現的第一個西方人聖方濟各。

上右照片② | 在馬六甲認識了日本人彌次郎，決定去遠東傳教的。

下照片③ | 馬六甲葡萄牙社區的露天餐廳供應新鮮海產，包括馬六甲海峽的螃蟹。

馬六甲雞飯粒

多元文化城市馬六甲，最著名的當地風味是華人做的雞飯粒。尤其是位於馬六甲河金聲橋下的中華茶室，和跟它只隔一條小路的和記雞飯糰，名氣特別大。兩家店都早晨開門中午關門，中間去看看，無論什麼時候都排著長長的人龍。

高中一年級的兒子幾年前在東馬砂拉越州首府古晉市吃過一次海南雞飯而著迷，後來一直念念不忘；這次到了馬六甲，他發現此地雞飯店吸引很多外來遊客，自己也不甘落後，非嘗嘗不可了。我若是一個人旅行，則不會爲吃雞飯而在熱天下排隊，可是做父母的始終希望孩子能實現每一項夢想。於是早晨八點差一刻，鋪子還沒開門之前，我們就從飯店出發，抵達中華茶室的時候，果然已經有好幾十個人在門外排隊了。

這家館子門面很小，走進去也不大，外面招牌、裡面裝飾都簡單樸素到極點。然而，馬來西亞各地以及新加坡來的遊客們，人人都乖乖地排隊，爲的是嘗嘗傳說中的美味。八點半，店員出來開了門，可是只有幾個人能進去。等他們吃完一頓飯出來，後面的人才能進去的。我們前後等了一個半鐘頭，終於進去在圓桌邊坐了下來。

雖說招牌上寫的字號是中華茶室，實際上，這是一家雞飯專門店。再說，他們賣的雞也只有一種白切雞而已。所以，坐下以後，根本不必叫菜，告訴了店員幾個人，就自動送來幾人份的雞飯了。南洋各地都有海南雞飯，馬六甲式的特點是把雞湯裡煮熟的米飯弄成乒乓球大小的球形，即雞飯粒，在每個人的盤子上放五個。翻看當地資料，雞飯粒的歷史不長也不短，好像是和記現任老闆的父母挑扁擔賣雞飯時的發明（照片④）。

天天排人龍的著名店賣的白切雞，蘸點蒜頭辣椒醬吃，果然很嫩很可口，兒子吃得滿高興。可是，他妹妹呢，卻在漫長的排隊時間裡鬧了腦貧血，坐下來都恢復不過來沒胃口。

聯合國教科文組織指定爲世界文化遺產的馬六甲歷史區，以金聲橋西側的唐人街爲主。我們有天早晨去打金街清眞寺對面的榮茂茶室喝早茶。這家店供應粵式點心，種類不少，味道亦佳。跟幾位當地華人先生共用同一桌，人家照顧我們加熱水，叫店員買單等。雖說一樣是門庭若市的名店，但是這家的氣氛輕鬆很多。這回哥哥妹妹都嘗飽了叉燒包、蝦餃、燒賣、鮮竹卷、排骨、粉果等等，不亦樂乎。

照片④｜馬六甲風味雞飯粒，是大名鼎鼎的海南雞飯改造成飯糰的。中華茶室從早排人龍，大熱天下等一個半小時後進去，小女兒差點沒昏倒。

鄭和套房

愛爾蘭詩人葉慈（William Butler Yeats，一八六五—一九三九）有一首詩題爲〈航向拜占庭〉，我浸泡在馬六甲河畔之家飯店屋頂上的游泳池裡，不禁想起那首詩來，嘴裡自言道：因此，我游向馬六甲海峽。

旅館位於貫穿古城的馬六甲河河口，本來就能從屋頂上瞭望馬六甲海峽的。建了所謂的無邊游泳池以後，更讓人產生裡面的水直接延續到大海和天空的幻覺。雖然房價不俗，我還是覺得住這一家飯店是不錯的選擇，何況我們訂的是鄭和套房。

小城馬六甲的魅力在於它擁有多層的歷史，各路英雄輩出，充滿令人興奮的故事。馬六甲的英雄中，馬來人的代表有漢都亞等王國時代的著名劍客，西方人的代表則有耶穌會士聖方濟各·沙勿略等，至於華人代表，就非三寶太監鄭和莫屬了。是他帶領幾萬海員下西洋七次，開通了從東亞往印度、阿拉伯、非洲的航路，並在馬六甲建立貿易基地，使此地成爲東南亞地區最繁榮的港口城市。

近年，舊市區裡開設了鄭和文化館，擺出鄭和時代馬六甲街頭的小模型：各色皮膚，著各樣衣服的人們，在繁華的街頭上做買賣、享受生活。那場面不無像北宋畫家張擇端畫的

〈清明上河圖〉（照片⑤）。另外，文化館也展出三寶太監從非洲帶回來的長頸鹿實物一樣大的模型。從文化館走出來，在通往荷蘭廣場的金聲橋下十字路口，能看到鄭和寶船的大模型，以及陶甕等當年的貴重物品。

沒到馬六甲之前，我看了日本廣播協會（ＮＨＫ）電視台逢鄭和第一次下海六百週年，於二〇〇六年播放的節目《偉大旅人：鄭和》。祖先來自中亞的回族人，奉明永樂皇帝之命，率領既豪華又巨大的艦隊航行大海。多浪漫！於是除了沙勿略之外，鄭和也成了我的偶像，雖然嚴格說來，他們屬於互相敵對的勢力。網路上查詢適當住宿的時候，我發現了新蓋的河畔之家飯店有兩房一廳加上陽台的單位，就叫做鄭和套房的，怎能抗拒呢？結果，這回我們破例住進了觀光地中心的奢侈飯店。誰料到，走到房間，又有個驚喜：位於一〇九房間的隔壁，這套房的號碼居然是一八八八（照片⑥）！

高品質的旅遊地，跟高品質的藝術作品或者美食一樣，讓人有回味無窮的樂趣。回日本後，我津津有味地看著在馬六甲買的幾本書，也訂購了以第二次世界大戰前馬六甲爲背景的新加坡製電視劇《小娘惹》之ＤＶＤ一套，等不及耽溺於共一千五百三十分鐘的南洋世界了。

上照片⑤｜馬六甲鄭和文化館展覽的模型，彷彿「清明上河圖」，表達出當年國際城市的活力。

下照片⑥｜馬六甲河畔之家飯店的鄭和套房，房間號果然是豪氣的1888。

一五一一

馬六甲歷史區俗稱富家街的荷蘭街上，位於峇峇娘惹博物館隔壁，有家餐廳整天供應西餐和娘惹菜，很受遊客歡迎。它的字號是一五一一（照片⑦）。

我記得香港中環曾有酒吧叫一九一一，蘭桂坊則有俱樂部叫一九九七。那兩個數字，大家都知道是辛亥革命和香港回歸中國的年分。但是一五一一呢？對我來說，到南洋旅遊的樂趣之一，便是能夠從跟平時不同的角度看世界歷史。翻翻旅遊指南書後面的年表，一五一一果然是穆斯林國家馬六甲王國被葡萄牙攻擊而淪陷，西方人開始統治馬六甲的一年。

馬六甲王國是從現在的印尼蘇門答臘島來的一名王子，一四〇〇年左右建立於此地的。一四〇五年，鄭和也首次從中國率領大艦隊抵達馬六甲，建設了有規模的貿易基地。馬六甲位於南海和印度洋之間，每半年季節風颩的方向逆轉，對東西兩方的貿易船來說，都是很方便的待風港。結果，一四〇〇年代的馬六甲，既有從歐洲威尼斯、埃及亞歷山大港來的貿易商，也有從中國、琉球來的船隻，成爲了當年世界屈指可數的繁華港口。據說，當年在馬六甲街頭能聽到的語言類別竟達八十四種之多。

我們在東方，往往以爲，西方文明一直比東方先進。但那是大錯特錯。在馬六甲參觀鄭

照片⑦ | 位於馬六甲歷史區的1511餐廳，屬於曾構成統治階層一部分的富裕峇峇娘惹家庭。

和文化館和海洋博物館，比較一下十五世紀的中國船艦模型和十六世紀的葡萄牙船艦模型，就能知道，明代中國的文明程度遠遠超過西方的。所以，對東南亞地區來說，葡萄牙在馬六甲的勝利，其實意味著對高度文明的破壞。到了十七世紀中葉，荷蘭艦隊攻擊馬六甲，從此支配了一百八十多年；然後，馬六甲又成為英國海峽殖民地之一部分，直到太平洋戰爭爆發而日軍登陸爲止。

位於馬六甲歷史區的一五一一餐廳，其實屬於峇峇娘惹博物館。把百年豪宅作爲博物館公開於世的一族，既繼承中國血統又繼承當地馬來人的血統。我估計，從他們的角度看來，作爲中繼貿易港口，多元文化繁榮的馬六甲王國時代，才是最值得懷念的。在荷蘭人嚴苛的統治下，峇峇被重用而封爲甲必丹；到了英國時代，他們則主動派子女去英國留學，吸收了新統治者的語言和規矩。總之，一直迎合著時代需求生存下來，構成了統治階層的一部分。第二次世界大戰結束後，民族自決成了世界潮流，馬來西亞也終於獨立，開始建設以馬來人爲主的新國家。據說，不少峇峇娘惹，面臨時代環境的大轉變，早已離開馬六甲而移民去了外國。

馬六甲式溝通

馬六甲歷史區有條小巷叫廟街，在狹隘的馬路兩邊鱗次櫛比的是：馬來西亞最古老的道家廟青雲亭、馬來西亞最古老的印度教廟、有兩百多年歷史的清眞寺、佛教廟等等。多民族國家馬來西亞，同時也是多宗教國家。在清眞寺對面的榮茂茶室，聽著念古蘭經的聲音，吃粵式點心，深刻感到多文化社會的豐富。

跟我們同坐一桌的當地華人先生們，跟我講普通話，彼此說泉州話，另外能聽廣東話等華語方言，至於馬來西亞的官方語言馬來西亞語、殖民統治留下來的英語，自然也會聽會說（照片⑧）。我平時在日本，周圍多數人只會說日語而已。對於在初中、高中學過的英語，大多數人都說：學過是學過，就是沒學會，不會說。他們根本想像不到，世上有操著好幾種語言過日子的馬六甲華人。

馬六甲社會在很多方面都讓我大開眼界。其中之一是語言能力和溝通能力的關係。說著六、七種語言生活的人，不大可能每種語言都說得百分之百流利。換句話說，每一種語言的能力，也許都在七七八八的水平。他們的優勢，卻在於無論對方說什麼語言，馬上能掌握重點在哪裡，溝通上絕不出問題。

反過來看在島國生活的日本人，總以爲：學外語意味著學繁雜的語法和複雜的單字拼寫，以便通過升學考試。然而，始終想不到，學外語的終極目的就是溝通，而要跟別人溝通的話，無論在什麼地方、什麼場合，都得從微笑點頭表示好意開始的。哪裡有板著臉，避開別人的視線，嘴裡說著書本光碟上學來的句子而埋怨對方聽不懂的？

日本岩波書店最近出版了一本書叫做《同坐一桌，還能不說話嗎？——日中語言行動比較論》。作者井上優是娶了中國太太的日本語言學者，他從家庭生活中注意到彼此之間的區別出發，討論中國人和日本人在溝通方式上的不同。《同坐一桌，還能不說話嗎？》這個標題是指：跟陌生人同坐一桌的時候，大多中國人覺得，若不說話怪不好意思，因而一定要搭話；相反的，日本人一般都覺得，對方也許不願意說話，所以保持沉默較爲禮貌。

馬六甲榮茂茶室的華人先生們，雖然是第二代到第四代的移民，但仍然保持著中國人的規矩，主動叫我們坐下，然後就談天說地了。這樣的經驗，對我家小朋友來說，是夠充滿異國情調的跨文化體驗。我要孩子們至少學會向陌生人有尊嚴地微笑的表情。

照片⑧｜在馬六甲廟街的榮茂茶室跟會說多種語言的華裔先生們同坐一桌享用廣式點心。

馬六甲式沙嗲

沙嗲是眾所周知的南洋菜：將雞肉、牛肉、羊肉等切成小塊，在綜合調味料裡醃漬以後，用竹籤串起來，在炭火上燒烤，再把香噴噴的肉串蘸著既甜又辣的醬料吃。跟在北京吃到的新疆式羊肉串的區別在於甜辣的醬料。若說新疆羊肉串的基調是安息茴香味，構成沙嗲基調的則是花生醬味。

我生平第一次吃沙嗲是多年前在中國大陸留學的日子裡，利用春節假期，北自大連南至深圳走了一趟沿海地區的時候。從杭州坐夜車到福州，然後換搭巴士，經泉州到了廈門，空氣和風氣都跟江浙地區很不一樣。在南洋一般的陽光照射的海邊，嘗到的廈門炒米粉和幾根沙嗲，給我留下了很深刻的印象。後來去台灣，知道源自沙嗲的沙茶醬是當地普及的調味料。每次去東馬婆羅洲度假，我們也一定會吃幾次雞、牛、羊肉等的沙嗲。

這回去馬六甲，老公好期待吃熱騰騰的沙嗲喝冰鎮啤酒。問題在於馬來人信仰的伊斯蘭教禁止喝酒。在馬來西亞要喝啤酒，非得找華人開的商店不可。幸好馬六甲歷史區以華人為主，聽說位於馬六甲河口的新味香沙嗲屋是華人開的，不僅有啤酒而且有豬肉串。

從我們住宿的河畔之家飯店，向河口走路五分鐘就到了新味香。還不到中午，可店裡已經差不多坐滿了客人。這一家供應的食品，只有老闆在店前流汗燒烤的沙嗲。似是老闆娘的中年婦女，雙手抓著幾十根烤好的沙嗲走在店裡，看哪個桌子上的盤子已經空了，就把十根沙嗲放在盤子上。最後算帳，就是數一數桌子上的竹籤有多少根，好像不拘種類都是一根八毛馬幣。

老闆娘送來的沙嗲，有雞肉、豬肉，還有豬肝、豬大腸等內臟肉的。我們一家大小恰巧向來偏愛內臟肉。大人喝著老虎牌啤酒，小孩則喝著種類豐富的果汁，慢慢吃沙嗲，不知爲何，感覺時間過得很慢，換句話說很是悠閒。

平時忙碌的溫帶人，來熱帶度假，尋找的就是悠閒的感覺。馬六甲的食肆，雞飯店專門供應雞飯，沙嗲店則專門供應沙嗲，好比永遠在找零食吃似的。也很有道理，因爲在長年炎熱的熱帶，胃腸活動能力也受影響，吃大餐不很合適。反之，一會兒找雞飯店坐下來，一會兒找沙嗲店坐下來，既能潤嗓子也能塡肚子，又能讓全身休息，特別合適於熱帶生活。唯一的問題是，坐得太舒服了，不想站起來，更不想坐飛機回忙碌的溫帶去。

下一次旅行

喜歡旅遊的人，一次旅遊結束以後，馬上開始計畫下一次的旅遊。我從馬六甲回來，就開始想：下一次的旅遊該去檳城好？還是去長崎好？想著想著，全身都充滿起跟談戀愛時一般的幸福感來，恐怕大腦分泌出令人興奮的荷爾蒙了。

馬來西亞第二大城市檳城，跟馬六甲一起被列入世界文化遺產名單。曾經十八世紀到二十世紀，英國爲了進口在歐洲爆紅的中國產紅茶，把位於馬六甲海峽入口，海上絲綢之路上的檳城，建設成東方貿易基地。當時英國東印度公司建造的殖民地風格樓房，以及華裔商人居住的店屋，至今都保留下來，對東西交流歷史或者老建築感興趣的人，頗有吸引力。南洋店屋門面很狹窄，但是一進裡面就會發現：後面不僅有天井而且有好幾個房間。整棟房子的深度，往往達五十公尺，若是富家的房子，達一百公尺的都並不少見。

至於長崎，是天主教早期在日本普及的中心地。一五四九年從馬六甲抵達日本的耶穌會士聖方濟各・沙勿略，在日本西南部展開傳教活動。受過洗禮的當地諸侯大村純忠，竟把長崎捐給了耶穌會。結果呢，長崎不僅蓋了許多教堂、神學院等宗教設施，而且成爲「南蠻貿易」的中心，享有「小羅馬」的別名。

聽說，長崎縣正要申請當地天主教堂和有關設施被列入世界文化遺產。這麼一來，也許要在旅客還沒湧到新的文化遺產來之前，趕緊去長崎，在相對安靜的環境裡悠閒遊覽各景點了。

馬六甲的啟示

過去三十年在社會科學、文化研究的領域裡，影響很大的思想家有《東方主義》的作者愛德華・薩依德以及《想像的共同體》的作者班納迪克・安德森。

薩依德是巴勒斯坦人，到美國去念書教書的，果然看問題的角度跟主流歐美人不同，深知在弱肉強食的世界，做政治、經濟、文化上的弱者是什麼滋味，結果推出來的《東方主義》這概念，叫西方知識分子大開眼界，並讓東方讀者拍手叫好。

至於安德森，則是愛爾蘭籍的父親在中國海關總稅務司工作的時候生於雲南昆明，後來長於美國加州，跟著到英國念劍橋大學，研究印度尼西亞政治史的。果然，與眾不同的成長經歷也讓他擁有了與眾不同的世界觀。在《想像的共同體》裡，他說：民族國家大體上是十八世紀以後，基於人們共同的想像而成立的，並不是自然就有的，而爲了產生共同的想像，通過印刷媒體普及的共同語言是關鍵性重要的。他提出的理論對西方知識分子來講充滿著衝擊力，可是帶到東方來，就不一定站得住腳。儘管如此，一本書的出版就動搖大家以爲老早就有的國家概念，還是讓人覺得痛快過癮。

也許有人覺得奇怪：一個印尼政治史的專家，怎麼可能對全世界的國家概念有深刻的認識？這個問題，其實去一趟東南亞，就再清楚不過了。正如非洲大陸上的國境線是歐洲列強劃的，而不是自然就有的，東南亞各國的成立，也在很大程度上是列強曾瓜分該地區權益導致的。

比方說，今日印度尼西亞和馬來西亞，直到第二次世界大戰，分別是荷蘭和英國的殖民地。戰後獨立成兩個國家，採用的國界也基本上反映當年荷蘭和英國之間的協議。兩者相比，印尼人對獨立的渴望強於馬來西亞人，因爲荷蘭統治比英國統治來得刻薄，而且爲了鎮壓當地人起義，荷蘭政府也迫使居民在境內搬遷，結果產生了相對同質的印尼人意識。反過來看馬來西亞，戰後幾經周折，位於馬來半島和婆羅洲的舊英國殖民地，聯合起來脫離英國統治的過程中，跟歷史悠久的汶萊王國保持距離，並跟華人占多的新加坡分開，一九六三年才成立了馬來西亞。

不僅國家歷史短，連地區歷史都不長。直到第二次世界大戰前，學術界沒有「東南亞」的概念。位於印度和中國之間的大小島嶼，西方學者曾總稱爲「印度、中國周邊區域」，也就是中國人所說的「南洋」。當世界大戰結束，荷、英等列強退出後，尤其是一九六七年成立了東盟以後，世界上才出現了「東南亞」。正如，直到上世紀八〇年代牢固存在的「東歐」，九〇年代初忽然消滅，變成了捷克、斯洛伐克、匈牙利等中歐和羅馬尼亞、保加利亞等巴爾幹半島一樣，從前只有個別名稱的海域上，半世紀前，用大號鉛字新寫了「東南亞」

的。

雖然看著安德森的《想像的共同體》，早已被啓蒙過，可是去馬來半島上的世界文化遺產馬六甲歷史區旅行，我對世界地理的如上恣意發展，重新有了深刻的體會。怎麼在熱帶城市裡有這麼多華人居民？他們說的漢語怎麼這麼流利？他們離開家鄉已有百多年，跟老家聯繫都早已斷絕，保持華夏文化到今天今日談何容易？

我曾經在移民國家加拿大住過幾年，目擊了外國移民的第二代很快就被同化，保持家鄉文化相當困難。反過來看東南亞華人，一來他們的人數不少，二來中國文化跟當地文化相比明顯占優勢，這些因素都對他們保持家鄉文化有利。另外，在多種文化並存的環境裡，自我認同非常重要。當被人問起：你是什麼民族背景？來自何處？信仰什麼宗教等等時，如果回答不上來，非得被對方併呑不可了。正如民族意識強烈的猶太人，無論在哪裡住多長時間，都能夠保持自己的文化一樣，居住於馬六甲的華裔也好、印裔也好、葡裔也好，代代都努力不忘本，結果導致多種文化和平共處的社會。眞有趣。

平戶：如愛的旅行

坐上開往佐世保的公車時，我心裡很難過。好想留下來，好想再回來。這麼一把年紀了，怎麼事關旅行，感情還像當初的少女一樣？

我向來覺得閱讀如戀愛：之前不認識的一個人，通過文字突如其來溜進心裡占據一個位置，之後長久成爲人生的旅伴。我最近發覺：旅行也有時像戀愛。之前沒去過的一個地方，通過一次旅行成爲人生的一部分，之後再也忘不了。

對它的愛是從古昔的西洋地圖上用羅馬字寫的地名開始的。在十六、十七世紀的歐洲人畫的東亞地圖上，與中國大陸隔海面對的島嶼，南邊有Ilha Formosa即美麗島台灣，北邊則有Firando即日本平戶。

平戶島位於九州長崎縣西端，如今要從東京過去，就由羽田機場起飛，在縣城長崎機場飛機降落以後，要麼坐車或坐船，非花上三個鐘頭到不了。可以說，在整個日本群島中，平戶是最難抵達的地方之一。然而，從古代到近代，這個島嶼卻曾重複成為日本跟外國相交流的大舞台。

比方說，從公元七世紀到九世紀，大和朝廷派遣往唐朝長安之使節即「遣唐使」，由現今大阪灣坐船出發以後，穿過瀨戶內海到九州北部，終於離開日本領土，往中國大陸啓航之前的最後一站就是平戶島。反之，他們要從中國大陸回到日本，進入祖國後的第一站又是平戶島。據說，以開創佛教眞言宗聞名全日本的弘法大師空海，公元八〇四年由此地赴長安取經，回到日本後第一次舉行了密宗儀式的地方，就是位於平戶島丘陵上，如今被稱為西高野山的「最教寺」。為紀念史實，平戶島北端的田之浦海岸，至今屹立著全日本最大，竟有十六公尺高的弘法大師石像，隔海面向著他在學問上的故鄉中國大陸。

又比方說，公元十三世紀，當元朝忽必烈要進攻東瀛，也就是日本歷史上所謂的「元寇」發生的時候，平戶島也成了血腥武鬥的現場。之後，從日本往朝鮮半島、中國大陸要反擊的「倭寇」中，顯然都有當地武士。

說到日本跟西方國家的交流，一般都說是一五四三年葡萄牙人坐的船隻漂流到現屬於鹿兒島縣的種子島開始的。該船的葡萄牙船員所攜帶的火器，對正處於戰國時代的日本，影響確實頗大。不過，乘坐同一艘船，在葡人和日本人之間當了翻譯的中國人五峰，眞名叫做王直（？—一五五九），早三年即一五四〇年就開始出沒位於平戶島西南方海上的五島群島，兩年後則在平戶領主松浦隆信的邀請下，以平戶爲根據地開始了跨國貿易。那是葡萄牙人被明代廣東官吏允許在澳門居留（一五五七年）之前。總之，無論是十六世紀的南蠻（葡萄牙）人，還是十七世紀的紅毛（荷蘭）人，都在中國籍海商或海盜的引導下出現於日本領海，所謂海商和海盜之間，始終沒有明確的區別。

比方說，鄭成功的父親鄭芝龍（一六〇四—一六六一）。他是福建南安出身的帥哥，早年投靠在澳門從商的舅舅，在那塊小歐洲學好葡萄牙語，受洗成天主教徒，據說還學會了彈西班牙吉他，不過那應該是他去西班牙統治下的馬尼拉，當上華人領袖甲必丹（編註：甲必丹（Captain）一詞，爲西班牙人統治馬尼拉時期，對漢人領袖的稱呼。）李旦（？—一六二五）部下時的事情。看歷史的來龍去脈，似乎是李旦繼承了王直在東海上擁有的權益，而鄭芝龍則繼承了李旦之權益的。恰如兩位前輩，鄭芝龍也在平戶島定居下來。不僅如此，他還娶了當地武士田川氏的女兒田川松，生下了後來的海上英雄鄭成功（一六二四—一六六二）。

値得一提的是，自從十二世紀，平戶島一直由所謂「松浦黨」即以松浦家爲核心的武士團隊支配，各時代的歷史文物保留得相當好。所以，今天去平戶，我們不光能看到松浦家歷代掌門從政的城堡，曾相當於別墅、如今改爲歷史資料館的「御館」，而且能看到五峰王直和甲必丹李旦的故居標誌。至於鄭成功的足跡，有位於平戶市區南方六公里的川內，擺放著媽祖像、鄭成功親筆書法作品的「國姓爺紀念館」以外，還有母親田川松在沙灘上忽然感到陣痛而生下他時抓住的「兒誕石」杜子、追悼他的鄭成功廟等等，好比他在東海、南海上稱霸的十七世紀前葉是剛過去不久的年代一樣。有趣的是，如今平戶島居民的姓氏中，仍有許多顯然屬於中國尤其福建血統的。例如，在國姓爺紀念館和廟宇之間，有出售現做「蒲鉾」魚餅的小商店，果然叫做「福海勇治商店」（**照片⑨**），不可能不是從福建勇敢過海來日本的華僑子孫吧？

照片⑨｜位於長崎縣平戶市川內的魚餅店，老闆就叫福海勇治，該是福建討海人的子孫吧？

聖方濟各與潛伏天主教徒

馬來半島舊城馬六甲的中心區，位於能眺望馬六甲海峽的丘陵上，站著十六世紀的耶穌會傳教士聖方濟各．沙勿略（一五〇六－一五五二）之石像。他是耶穌會創辦人之一，一五四九年在葡萄牙國王的庇護下來亞洲傳教，在馬六甲認識了一個日本人名叫彌次郎，對他的故鄉興致勃勃起來，決定要遠赴日本傳教去了。他們搭乘華人船隻，抵達了彌次郎的故鄉薩摩即現在的鹿兒島縣以後，沙勿略於翌年一五五〇年就前往平戶島，顯然要收取葡萄牙商人給他帶來的信件。如今從日本其他地方要去平戶的交通很不方便；然而，當年的國際旅人要隨著季節風航行，平戶島倒像是大自然造成的驛站。

不愧為遣唐使、倭寇、跨國海商前後留了足跡的地方，平戶一向充滿著開放的風氣。只要對當地經濟有益，當年領主松浦隆信（法名道可，一五二九－一五九九）就展開雙臂歡迎外國人士的到來。沙勿略不僅把天主教傳到平戶來了，而且也帶來了種種西洋奇貨。當地至今都有顯然受了葡萄牙影響的甜點叫做Casdous，乃給蛋糕片抹上了蛋黃汁後，浸泡於高溫蜜糖中，最後撒上白糖而製。出售它的點心店「蔦屋」開創於一五〇二年，歷來給平戶領主松浦家供應甜點。

一五六一年，平戶的佛教徒商人和葡萄牙籍船員之間發生糾紛，導致十四名葡人被殺害，葡萄牙船隻從此不再來到平戶，改去鄰近的長崎港了。一時，平戶失去了海外貿易帶來的利益。可是，大自然賜予的良好條件卻沒有變。一六〇九年，歐洲新興勢力荷蘭的商船開始來訪。他們在平戶城堡對面的海岸上建了給船隻引路的燈塔、商品倉庫，也挖了口水井，蓋了圍牆，以便在此地定居而持續地進行交易。那排倉庫，據說是全日本頭一批的西式建築物。後來，德川幕府的第三代將軍家光（一六〇四－一六五一）下令叫荷蘭人搬到長崎灣內修築的出島去（一六四一），平戶的荷蘭倉庫則給拆掉了。幸好，將近四百年後，當地政府為振興觀光業，重建荷蘭倉庫成歷史博物館，展出荷蘭人在平戶留下的古物等。

德川家光施行了類似於中國明清兩朝海禁的政策，取締外來傳教士在日本進行宗教活動，並且禁止日本國人信仰西教。他顯然害怕天主教勢力的擴大將導致日本陷入殖民地狀態，也不奇怪，自從沙勿略來到日本，不到一世紀內，信徒人數竟多達六十五萬人。信仰天主教（舊教）的葡萄牙人來亞洲，從一開始就是傳教和貿易同時進行，因此被禁止傳教後，貿易關係也只好取消。信仰基督教（新教）的荷蘭人，則不介意專做買賣而不談宗教，於是後來的兩百多年，在所有西方國家中，唯獨荷蘭跟日本保持了貿易關係，所謂「蘭學」成了日本吸收西方知識的唯一途徑。

在十七世紀初的日本，長崎是天主教的中心，有許多教堂和神學院、孤兒院等，「日本羅馬」的美名一點也不虛傳。正因爲如此，當幕府禁止天主教之際，長崎果然發生了一連串的宗教迫害和殉教事件。幕府方面，嚴厲要求每一個日本人都登記爲佛教寺院的門徒。爲證明原天主教徒眞正放棄了西教信仰，還逼迫他們定期用腳踩住聖畫：此政策稱爲「踏繪」。

在激烈到歇斯底里的壓迫下，許多天主教徒放棄了信仰，然而有一部分人表面上裝作是佛教徒，心底卻保持了對上帝、耶穌、聖母的信仰。他們家裡有乍看像觀音菩薩的圖畫或者雕塑，實際上在後面或底下隱藏著十字架的，這就是所謂的「瑪利亞觀音」。他們聚在一起偷偷念了拉丁語的祈禱文。外人叫他們爲「潛伏切支丹」。「切支丹（Kirishitan）」是葡萄牙語Cristão（天主教徒）的日本音譯，「潛伏切支丹」則是「潛伏天主教徒」的意思。在平戶島西岸，以及鄰近的生月島等地方，曾有好幾個「潛伏切支丹」村莊，居民們在沒有神父也沒有教堂的情況下，世世代代保持了兩百餘年天主教信仰。一八六八年的明治維新前後，西方人開始重新湧入日本，其中就有天主教的傳教士。潛伏了兩百多年的日本天主教徒圈子裡，歷來口傳「七代後神父再來」，這回他們紛紛到西方神父那兒告白對聖母的信仰，乃天主教歷史上很著名的「發現信徒」事件。

平戶之旅

二〇一四年四月初，我和老公、女兒共三個人，從東京羽田機場起飛，不到兩個鐘頭就抵達了長崎。小巧可愛的長崎機場位於大村灣邊，通過乾淨的玻璃窗就看得見藍色海水反射著日光的美麗景色。我們打算坐高速船，穿過大村灣去以荷蘭爲主題的度假型遊樂園「豪斯登堡」。但是，離高速船出發時間還有一個鐘頭，於是先到機場大樓裡的餐廳吃午飯。雖說是日本餐廳，供應的菜式就跟東京很不同。比方說，我訂的五島烏龍麵，麵條本身的形狀猶如雲南的過橋米線一般溜圓，既韌又不硬的口感亦很獨特，湯水都不是東京麵館那樣的柴魚味，而是用小飛魚乾提的滋味特別純（照片⑩）。老公點的「蒲鉾」則是現場油炸的幾種魚餅，在東京算是高級美食了，在這兒只收六百日圓，讓人覺得非常划算（照片⑪）。至於當地產的馬格利酒，顯然是學了韓國濁米酒的，也不奇怪，長崎跟韓國濟州島之間只有一衣帶水而已（照片⑫）。總之，一個一個都很特別，好可口，何況窗外的海景那麼漂亮。還沒眞正抵達之前，我們早就確信這次旅行的目的地選擇對了。

一九九二年開張的「豪斯登堡」，是荷蘭語「森林之家」的意思，乃全日本營業面積最大的主題公園。從其前身「長崎荷蘭村」繼承了基本概念，在模仿荷蘭街區的場地上，分布著各種遊樂設施、商店、餐廳。十七世紀前葉，德川幕府採取「鎖國」海禁政策，禁止外國人居住日本，唯一的例外在長崎市內，給荷蘭東印度公司職員居住的「出島」和給中國籍商人居住的「唐人屋敷」。也就是說，長崎「出島」是從十七世紀到十九世紀，日本人接觸西方文化的唯一窗口。凡是日本人個個都在小學、中學的歷史教科書上學過這段歷史，因而對「長崎荷蘭村」的概念容易接受。跟九四年在三重縣開張的志摩西班牙村、二〇〇一年在千葉縣開張的東京德國村比較，在歷史根據方面有一日之長。

從長崎機場到「豪斯登堡」是坐高速船一個小時的旅程。縱貫深藍透明的大村灣，輪船直接停泊在主題公園南端的碼頭（照片⑬）。適逢日本各級學校的春假，但這天是工作日的緣故吧，園內遊客不算很多。跟通年擁擠的東京迪士尼樂園不同，在這兒要坐摩天輪也好，要參觀鬼屋也好，都不必排隊等候的。在廣大的場地裡，騎著協力車說笑的，顯然很多是外公、外婆和外孫女的組合，該是訂了公園附設的度假式飯店內能夠三代同住的大單位。可見，由「豪斯登堡」方面看來，理想的服務對象是：在先生們忙於工作的時候，太太帶正放假閒著的孩子出來，跟娘家父母一起旅遊玩樂兩、三天，並且費用由生活寬裕的老人家負擔。

這兒主要是伺候小朋友的地方，園內到處有快餐店和賣冰淇淋的櫃檯，反之正規點的餐館就相對很少了。好在阿姆斯特丹廣場邊，有一家半露天的歐式咖啡廳，翻開菜單看一看，果然供應烤全雞、荷蘭式奶油紅海貝、蒜頭奶油麵包、起泡的白葡萄酒等。傍晚時分，恰好正開始了來自匈牙利的吉普賽音樂三人組演奏。四月初的日本，天黑以後還有點冷。在半戶外的位子上，用餐館借來的毛毯和火爐取暖，邊欣賞現場音樂邊吃喝簡單卻相當道地的歐洲風味，感覺比印象裡的主題公園略高一等，不亦樂乎。

右上照片⑩｜長崎飛機場的餐廳，五島烏龍麵。

右中照片⑪｜現炸的魚餅都很好吃。

右下照片⑬｜從機場坐一個小時的高速船便抵達「豪斯登堡」。

左照片⑫｜未料還有當地做的韓式馬格利酒。

日本最西的火車站

「豪斯登堡」不僅是主題公園的名稱，而且是長崎縣的一個鎭名，再說也是ＪＲ（現Japan Railways、原日本國有鐵道）的站名（照片⑭）。從這兒坐二十分鐘的火車，就到港口城市佐世保了。此地爲小說家村上龍的故鄉，有美國海軍基地，近年又以巨大到美國標準的「佐世保漢堡」聞名全日本。

我們在佐世保站下了火車，就看到同一個月台前方有人搖手大喊：「你們要上車嗎？」原來，通往平戶的松浦鐵道月台位於ＪＲ月台的前方，由於每個小時上行下行都只有一班車而已，等到ＪＲ的乘客全下車，並且確認要換車的人都上了車以後才出發的。不過，正在等候的不是我們要上的往伊萬里一班車，反之要往佐佐去的。看看松浦鐵道的路線圖，伊萬里、有田等全日本著名的瓷器產地多在此沿線。果然是十六世紀末，豐臣秀吉攻打朝鮮前後七年，帶回來的戰爭俘虜開創了日本瓷器業的。適逢明末清初，大陸的戰亂影響到景德鎭產品往歐洲市場出口，使新興日本瓷器有機會賣到歐洲。外人傾向於把涉外歷史想像爲浪漫故事，實際上，涉外歷史的主要內容往往就是侵略和搶奪。我都得自戒。

從佐世保到平戶，坐火車或者坐公車，都是一個半小時的路程。我們決定去程要坐火車，因爲除了沖繩縣那霸市的單軌電車以外，松浦鐵道的田平平戶口車站，位於東經三十三度二十一分，就是日本國內最西邊的火車站（照片⑮）。再說，據網路消息，火車站有出租自行車，可以騎到正申請登記爲世界文化遺產的田平天主堂去。

利用等車時間，我和女兒下手扶梯去JR車站大廳逛商店。有家商店出售現場油炸販賣的「蒲鉾」魚餅，乃跟早一天老公在長崎機場餐廳吃到的同屬一類。這種食品，在東京叫做「薩摩揚」，在台灣似乎叫做「甜不辣」。東京也有叫「蒲鉾」的食品，可那是呈半圓筒形，把魚漿盛在長方形木片上後蒸熟而製的。有趣的是，佐世保火車站的「蒲鉾」商店都出售剛做好熱呼呼的「ハトシ（hatoshi）」。日本出版有關長崎的旅遊指南書，本本都介紹這種當地風味，但是沒有一本解釋說「ハトシ（hatohi）」這個詞究竟是什麼意思。我呢，一聽就知道了這是「蝦多士」的廣東發音，而買來嘗嘗的結果，沒錯，就是把蝦肉用麵包片捲起來後油炸的港式點心。

平日上午的松浦鐵道乘客，很多是附近的中學生。因爲是假期，他們不用上課，估計去學校參加球隊訓練什麼的。大多都穿著球隊統一的運動服，背後繡著校名，而個個都戴著耳機在聽著不知是什麼的音樂。以前，城裡和鄉下，年輕人的服裝髮型都不一樣的。如今因爲有了網絡和宅配服務，鄉下的年輕人在外表上跟城裡的同代人幾乎沒有了分別。

通過車窗看外邊，這裡是山區，很多房子都建在斜面上，田地都呈梯子狀。四月二日。

右照片⑭｜作者在JR「豪斯登堡」站月台上。

左照片⑮｜松浦鐵道田平平戶口站是全日本最西邊的火車站，兼設著鐵道資料館。

我們前一天離開東京的時候，櫻花還沒有盛開，可是在九州長崎，春天來得早，櫻花已在隨風凋謝。

松浦鐵道本來是JR九州的一條路線，一九八八年才改成公民合營的，該是長期虧本所致。不過，看更早期的歷史，它最初是十九世紀末，爲了把有田燒瓷器送到伊萬里港向國外出口，特地建設的伊萬里線，被當年國鐵併呑的。列車停止的時候，我觀察車站：很多站房是早已破舊的木造建築，而且沒有鐵路人員值班。所以，乘客得下車前直接付錢給駕駛員，好比坐公車一樣。

乘坐鄉下鐵路，感覺頗爲悠然。到了田平平戶口車站下車的時候，我的心情和動作也變得慢條斯理了。誰料到，當我問鐵路人員，哪裡有出租自行車之際，她就指一指在我前邊的年輕人說：剛剛這位租了一輛，現在只剩下兩輛了，因爲總共才三輛。可我們是三個人一行，而且女兒都已經十二歲，有跟大人差不多的體格了，不能像四年前去高雄旗津時那樣，跟她爸爸同騎一輛車。現在，不能租單車了。但走路去田平天主堂嫌太遠。可怎麼辦？

我們決定先走到平戶大橋邊的瀨戶市場吃午飯去。說不定肚子吃飽了會有好想法吧。

平戶大橋是跨過平戶海峽的紅色吊橋，有六百六十五公尺長。一九七七年開通以後，才能夠從九州島西端的田平坐車或走路到平戶島去。之前是只能搭船過去的。橋下的平戶海峽有三點五公里長，有五百公尺寬，雖然很狹窄，但是水流特別快，過去常發生海難事故。我

照片⑯｜平戶大橋邊瀨戶市場二樓的餐廳以廉價供應新鮮海產定食。日語「瀨戶」是海峽的意思，當地人稱橋下的急流為「平戶瀨戶」。

事先在網路上調查好，平戶大橋的田平一端有出售生鮮食品的瀨戶市場，在二樓餐廳可嘗到當地海鮮。果然，我們點的刺身定食有鮪魚肥肉片、天然平魚片、鯛魚片，以及蠑螺片，既豐富又新鮮，慷慨的份量教旅人感激（照片⑯）。女兒要的平戶特產柑橘類夏香的果汁也很香。加上窗戶外能眺望以藍色海峽爲背景的紅色大橋，太美麗了，太理想了。

肚子飽了，心情好了點，但是走回車站，還是只有兩輛自行車可租。沒辦法，只好坐計程車去了，雖然活動自由受限制。我問停在車站前邊的曼波魚計程車行的司機：載三個人和三個小皮箱，去田平天主堂參觀以後，再到公車總站要多少錢？他說：大概兩千五吧。一個小時後，我們下車時，他卻只要了一千六而已。鄉下日本人老實得不得了。

潛伏者的教堂

從日本最西邊的田平火車站，坐計程車出發，約十分鐘以後抵達了田平天主堂（照片⑰）。一路上都是農地和山林，連一個行人都看不到，偶爾在樹林那邊看到海水反射著陽光。在如此偏僻的地方，卻屹立著一九一八年竣工的紅磚頭泰西建築，乃日本政府指定的重要文化財（文物）。建築師鐵川與助，一八七九年在平戶西南方的五島群島中通島出生。他本人一輩子都是佛教徒，而且只念到小學高等科爲止，十五歲就跟了木匠父親，二十歲在外來神父的指導下邊念幾何學邊蓋天主教堂，因爲設計象徵天堂的蝙蝠形天花板需要幾何學計算。就那樣，他一輩子蓋了五十多座教堂，晚年把事業讓給兒子，一九七六年去世，享年九十七。

一個沒有看過西洋建築的日本鄉下人，完成了一棟又一棟華麗如夢的天主教堂。這也可說是另一宗奇蹟吧。當然，虔敬熱情的信徒們不分男女老少都出了錢，出了力的。在田平天主堂的建設過程中，爲了塗平磚頭和磚頭之間的接縫，用了燒貝殼得來的石灰，而燒貝殼的勞動又由信徒們自己夜以繼日輪流地進行（照片⑱）。畢竟，他們要替兩百多年前被迫棄教非得潛伏的祖先成全信仰。田平天主堂早期的信徒們是潛伏者的子孫，回到聖母的懷抱後，

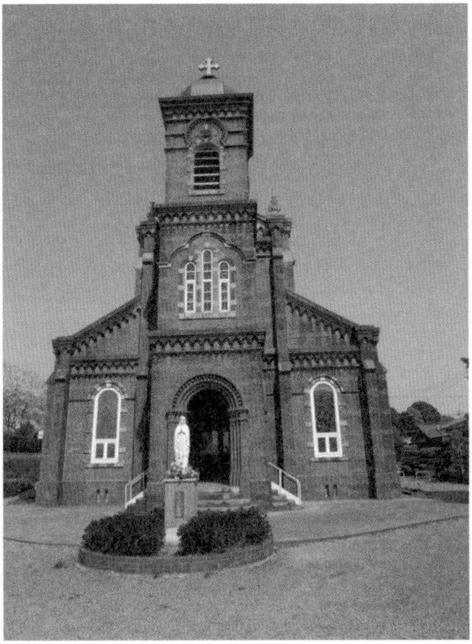

左照片⑰｜「潛伏切支丹」的子孫們，兩百年後為成全祖先的信仰而建設的田平天主堂。

右照片⑱｜塗平磚頭之間的接縫用的石灰是信徒們自己燒貝殼得來的。

還繼續受廣大社會的歧視。於是外籍神父帶領他們，一八八六年集體從外島移居到田平來，開墾土地從事農業，三十二年後，終於完成了屬於自己的教堂。附設的「天使的鐘」是從法國進口的，一九九八年慶祝竣工八十週年之際，又從義大利進口了描繪聖經中故事的彩色玻璃。在這兒，苦難的歷史和華麗的建築呈現夏天下雪一般不可置信的對比。

長崎縣的人口一百三十多萬，占全日本的百分之一而已。但是，全日本共一〇二〇座教堂中，將近一百三十座就在長崎。也就是說，長崎縣的教堂集中率有日本全國的十倍。在長崎縣裡，平戶市的人口只占百分之二點三，但是教堂數量則達百分之八。換句話說，平戶市的教堂集中率有長崎縣的平均三點五倍，全日本的三十五倍。田平天主堂前邊站著聖母像。我後來訪問的其他教堂都有聖母像。「潛伏切支丹」們私下保持了對「瑪利亞觀音」的崇拜，人們顯然最渴望慈悲的母性。

旗松亭飯店

人口才三萬多的小鎮平戶市倒有幾家大飯店。畢竟，這兒有溫泉、海景、豐富的歷史故事，以及海鮮和平戶牛等美食，長年來吸引許多遊客並不奇怪。我事前在網路上訂好了旗松亭飯店的和式房間，因爲在地圖上看來，這一家最接近位於市中心的平戶公車站，而且脫離日本飯店的常軌，推出「一泊朝食付」，即只含早餐，不含晚餐的方案；我們與其晚上在飯店吃百年如一日的套餐，寧願逛街找當地風味的。

後來得知，旗松亭是一九六九年長崎縣主辦國民體育大會的時候，爲了迎接來平戶參觀相撲比賽的昭和天皇和皇后而創辦的。之後，包括現任的明仁天皇和美智子皇后以及德仁皇太子在內，幾個皇族成員都下榻過，連荷蘭的威廉・亞歷山大國王來日本訪問時也住了這家飯店。

平戶跟日本國技相撲顯然有不淺的因緣。江戶時代曾有體格突出的大力士叫做生月鯨太左衛門（一八二七—一八五〇）。他身高二二七公分，體重一六九公斤，因爲生於鄰近平戶的生月島，即當時全日本捕鯨業最繁榮的地方，所以有了個藝名叫生月鯨太左衛門。他在江戶當職業力士的時候，松浦家第三十五代掌門松浦熙，就讓他住松浦家在江戶的菩提寺天祥寺二樓。據傳說，當他二十四歲去世之際，人們還特地拆開屋頂以便把屍體搬出去。如今在舊平戶城堡境內有半露天的市營相撲場，從上面掛著類似於東京兩國國技館內的人字形屋頂，在其他地方是很少見到的。那兒該是昭和天皇皇后參觀比賽的地方。

平戶是小鎮，市內公共交通不大方便，我從平戶大橋東邊的巴士總站打電話到飯店，請人派汽車來接我們。很快，一輛小車出現在我們面前，十分鐘後就抵達了飯店。原來，平戶的平地非常少，跟海岸線平行的道路只有兩條窄路而已，第三條已非得修在斜面上，需要爬上去了。旗松亭飯店位於半山，雖然路程不長，但是如果沒有汽車接送的話，自己拉皮箱上去會相當辛苦的。不過，選擇這家飯店還是對的：從房間裡就能眺望到平戶港口和位於對面山上的城堡，以及在右邊高處的聖方濟各紀念教堂（**照片⑲**）和左邊稍遠處的紅色大橋。這樣的景色，評一評，可以給一百分了。

飯店的名字取自原先位在此地的松浦家茶室旗松亭。松浦家第二十九代掌門鎮信（法名天祥）開創了武家茶道鎮信流，之後的掌門代代都繼承了這一派茶道。寵愛大力士的第三十五代松浦熙，對茶席上享用的甜點也頗有研究，一八四一年就下令叫平戶城內的老字號點心鋪蔦屋和境屋開發出總共一百種甜點來，六年後終於完成的彩色畫卷〈百菓之圖〉，至今保存在松浦史料博物館。原松浦家別墅改成的博物館，院子裡有閒雲亭茶室，遊客能夠邊品抹茶邊嘗根據〈百菓之圖〉復原的甜點「鳥羽玉」等。明治維新以後，新政府取消幕藩制度，

照片⑲｜天主教耶穌會創辦人之一聖方濟各 沙勿略，至今東亞各國還有很多座冠他名字的教堂，包括日本平戶的這一座。

舊藩主都被迫下了台。當時在任的第三十七代掌門松浦詮（法名心月）決定從此以茶道爲家業，在新首都東京專門爲教育貴族子女開設的學習院給皇族女子教授了鎭信流。現在，由第四十一代掌門松浦章（一九四一—）當宗家，鎭信流被譽爲至今少數流傳下來的武家茶道之一。

我本來是被聖方濟各、鄭成功引路到平戶來的。未料，這個地方的歷史實在很豐富，尤其是松浦家歷代掌門幾乎個個都有強烈迷人的個性。

例如，第二十五代松浦隆信（道可）叫明人王直定居平戶，也歡迎葡萄牙船隻來訪，爲的是促進海外貿易；第二十八代松浦隆信（宗陽）則讓荷蘭人、英國人前後在平戶開設商館；第二十九代松浦鎭信（天祥）開創了武家茶道鎭信流；第三十四代松浦清（靜山）名氣最大，享有「學藝大名（諸侯）」的別名，收集了日本、中國、朝鮮、荷蘭的書籍總共一萬七千多本，尤其對荷蘭文化很是傾倒，於是另有「蘭癖大名」的外號。他退休後花上二十年時間親自撰寫的隨筆集《甲子夜話》，正篇有一百卷，續篇有一百卷，三篇有七十八卷，被視爲研究江戶時代社會史不可缺少的第一手資料。靜山也爲了保管自己收藏的種種寶物，在平戶城堡裡建設了相當於今日博物館的樂歲堂。再說，他總共有三十三個子女，個個都跟日本各地的名流成家，明治天皇的生母中山慶子是他外孫女，難怪他也有「子寶大名」的別名。松浦家人怎麼這麼多姿多采呢！

荷蘭東印度公司商館

遊客的心理是很矛盾的。到了古蹟，想要看看歷史的證據。然而，實際上，古物往往已散失，復不復原就成了問題。如果復原得不夠眞，給人以觀光化、商業化的印象，難免會被埋怨說：又是一個歷史主題公園！

平戶有的是歷史故事。例如，一五五〇年，被葡萄牙國王派遣來亞洲的耶穌會士方濟各·沙勿略就到此地傳教，使一百名當地人成爲天主教徒。雖然他在日本待的時間只有兩年多而已，但是其他傳教士繼續活動，到了一五七〇年，平戶的天主教徒就多達五千人，天主教堂則有十四座了。一六〇九年，松浦家第二十八代掌門隆信（宗陽）獲得德川幕府的認可，在平戶港口讓荷蘭人開設了商館，乃日本歷史上頭一批的西洋建築。可是，新舊西教後來都被幕府嚴厲禁止了兩百多年，不僅是天主堂、十字架，連刻有公元年分的西洋商館都不放過被拆掉，荷蘭人一六四一年全部被迫遷移去長崎市內的出島。所以，如果在十九世紀甚至二十世紀初，有旅人來平戶，他們所看到的西洋人足跡沒有多少。似乎只有不大像日本建築的「阿蘭陀塀（荷蘭圍牆）」、「阿蘭陀川（荷蘭水井）」而已。

幸虧，十七世紀來日本的西方人中，不僅有人留下了文字紀錄，也有人留下了地圖和繪畫，讓後人想像原樣，也按照圖畫去復原那埋沒於歷史波濤中的荷蘭東印度公司駐平戶辦事處。一九二二年，平戶荷蘭商館舊址被日本政府指定爲史蹟，過了半個世紀，八七年開始了考古學的發掘調查，使得原先只有文獻資料的商館建築，逐漸具備物質的根據。二〇〇〇年，爲紀念日荷通商四百週年，平戶市跟荷蘭官方共同舉行了各種交流項目，進一步使復原商館的氣運高漲。

荷蘭東印度公司商館在平戶的歷史，從一六〇九年到四一年，曾前後有三十三年，一時占了該公司全東亞營業額的七成。平戶商館的房屋，最初是租下當地原有的一棟房子，後來進行過幾次建設工程，其中一六三九年完成的西式倉庫最爲宏偉。然而，好事多磨，倉庫的外牆上，在荷蘭東印度公司徽誌左右刻畫了竣工公元年分「1639」，被德川幕府派來的監督官指出有「推廣基督教的嫌疑」，結果受到全盤破壞的命令。商館人員則得搬去長崎市內類似於監獄的出島了。據商館日誌的記載，一六四一年十月二十四日，荷蘭人坐的船隻往長崎出發的時候，許多平戶人坐私家小船出來在海上送行，直到港口外一英里之處。可見，三十餘年的來往，在平戶民眾和荷蘭人之間培養了超越國籍和文化的情誼。

二十一世紀的平戶市，決定利用日本政府爲人口稀少的地區撥出的特別經費，要復原荷蘭商館倉庫被破壞之前一六四〇年十月的狀態。二〇一一年九月，復原工程完畢，不僅外觀彷彿十七世紀荷蘭書籍裡的插圖，而且詳細參照了商館日誌和會計紀錄等文獻的結果，建築結構和尺寸都跟當年一樣（照片⑳）。復原計畫由平戶市政府主導，本來沒有資金再購入史料的。後來，松浦史料博物館同意借出館藏的貴重史料。所以，今天去復原後的平戶荷蘭商館，遊客不僅能參觀跟四百年前一樣的荷蘭式石造倉庫，而且還能看到反映出當年日荷關係的種種展品。比方說，荷蘭人航海用的地圖、地球儀、德川家康發布的「朱印證」即蓋有圖章的貿易許可證，以及被放逐去了現印尼雅加達的日荷混血女子寄來的所謂「雅加達文」信件原物。

原來，德川幕府不僅下令拆掉剛修建好的倉庫，而且放逐了有荷蘭血統的孩子們和他們的日本籍母親。根據《平戶商館長日記》的記載，那是一六三九年十月三十一日的事情。「雅加達文」是她們到荷蘭東印度公司的根據地雅加達落戶以後，用墨水寫在南洋特產的蠟染花布上，跟貨物一起寄到老家平戶來的家信，用潦草的日文字寫著：「多麼想念，懷念日本，當初還以爲是短暫的旅行，後來得知再也不能回故鄉去了，心情好痛苦，哭個不停，眼睛都幾乎瞎了，連這是作夢還是現實都不知道了。」可見，不分古今中外，政治風暴的受害者總是平民老百姓，尤其是無力的女子。

這麼一來，本來只有外觀的荷蘭商館，一下子內容都充實起來了。看到商館裡展覽的貴重史料上一個一個都寫著「松浦史料博物館藏」的文字，我忍不住趕緊跑去那裡看了。博物館所在的建築本來是松浦家第三十七代掌門詮（心月）一八九三年建設的「鶴峰宅邸」，至今收藏著松浦家世代相傳的種種寶物。

照片⑳｜2011年復原完成的荷蘭東印度公司商品倉庫。曾在1600年代是全日本最早的西式建築；現在裡面展覽有關歷史資料，包括當年的航海地圖等。

松浦史料博物館

遊客的心理是很矛盾的。在全新到幾乎發光的荷蘭商館看到貴重史料的時候，恨不得馬上去本來藏有那些寶物的博物館。然而，走上幾十級石階到了已有一百二十年歷史的木造日本房子，在門外脫鞋開始參觀之際，心中難免有點沉重（照片㉑）。恐怕是跟純白、乾淨，保證光線足夠的新式博物館不同，眞正古老的建築物裡，似乎一切都顯得暗淡，教人不能不意識到萬物枯榮盛衰的緣故吧。

松浦史料博物館是第二次世界大戰以後的一九五五年，松浦家第三十九代掌門陞，把宅邸和祖先傳下來的文物捐出而成立的。如今房子本身就被指定爲國家級文物，所藏史料共有三萬件，展覽中的史料則約有三百件：十六世紀日本武士穿的鎧甲、十七世紀荷蘭出版的書籍、當年來平戶的外國船之細密圖包括「台灣船圖」、十八世紀從平戶去江戶的路程畫卷、十九世紀當地出身的大力士留下的巨大足印、學藝兼蘭癖兼子寶「大名」松浦清（靜山）親筆寫畫的《甲子夜話》書稿以及插圖、曾屬於代代公主的「雛人形」偶人等等，一件一件都是值得花上充分的時間仔細鑒賞的寶物，實在數不清，永遠看不完。

難得的是這些寶物都是幾百年來居住此地的松浦家人親自收藏的，換句話說，直接反映了平戶人經歷過的豐富歷史，跟一般博物館從各地搜求史料有根本性的區別。所以，儘管是小地方的小博物館，頗受行家重視，每年都有日本國內和海外的研究機關派人來參閱，或者借出史料辦展覽去。院子裡還附設禮品店、閒雲亭茶室、眺望亭西式簡餐館。如果時間允許的話，我眞想在這兒逗留幾天，慢慢鑑賞展品，沉浸在歷史氛圍中。

博物館的展覽品中有幾幅松浦家人的肖像。其中有松東院（一五七五—一六五七），即第二十七代掌門松浦久信之妻子，第二十八代掌門松浦隆信（宗陽）母親的肖像掛軸。她在日本歷史上以天主教的洗禮名Mencia（門西亞）被記住。松東院生爲日本第一名信仰天主教的諸侯大村純忠之五女，小時候就受了洗禮。從一五五〇年起葡萄牙船隻定期來平戶做貿易，六二年船員和當地的佛教徒商人之間發生衝突，導致十四名葡萄牙人喪命。結果，葡萄牙船隻再也不來平戶了。那時候，鄰近版圖的諸侯大村純忠，即松東院父親，不僅給葡萄牙船隻前後開放了橫瀨和長崎兩個港口，而且自己和家臣都成爲教徒，一時大村藩的天主教徒多達六萬人。看來大村純忠眞的走火入魔，竟把整個長崎捐贈給耶穌會爲教會領地；市內八十座教堂林立，被譽爲「日本羅馬」。這就意味著，天主教在長崎的勢頭超過了日本權力者能容忍的地步。

松東院嫁到平戶的翌年一五八七年，當時全日本權力最大的豐臣秀吉就發布了傳教士放逐令。松浦史料博物館至今收藏著那封文件，寫道：「日本歷來是神國，天主教傳教士卻隨

照片㉑｜松浦歷史博物館位於原松浦家宅第，所藏史料共有三萬多件，包括細密的「台灣船圖」。

意培養信徒，破壞了許多神社寺院，因此得在二十天內離開日本。」一五九一年，松東院生下日後的第二十八代掌門松浦隆信（宗陽），並叫他受了洗禮。還在世的公公松浦鎮信（法印）對天主教很反感，九九年就把六百名天主教徒從平戶放逐出去了。在鄰近的長崎，這時候大村純忠已經去世，他的長子即松東院的哥哥大村喜前則放棄信仰，公開成爲了佛教徒，並且開始迫害天主教徒。一六一四年，德川幕府發布禁教令，松東院的兒子隆信（宗陽）也果然放棄信仰，導致平戶發生一連串的血腥殉教事件。對當地天主教徒而言，松東院是最後的依靠，猶如他們心目中的聖母瑪利亞。一六三〇年，幕府把她監禁在江戶市內的淨土宗廣德寺，直到二十七年後，八十二歲去世爲止。她是松浦家眾人中，唯一終生保持著信仰的天主教徒。

難得的是，整個禁教時代，松浦家也一直保管著松東院門西亞的肖像。這該是親情以及有別於政治的文化使命感所致。松浦清（靜山）享有「學藝大名」的外號果然名不虛傳。我越來越被平戶和松浦家所吸引。他們的歷史這麼豐富，一代一代的故事又這麼動人。

國際歷史之路

從松浦史料博物館出來，往平戶港的一條坡道，叫做「歷史之路」，站著六位跟當地淵源不淺的歷史人物之青銅像。首先是松浦家第二十五代掌門隆信（道可），就是他當初歡迎各門路的外國人到來，使平戶發展成國際城市，享有「西京」之別名的。其次則是王直，據說出身安徽省，早年做過鹽商，後來下海，從馬六甲到日本的大海域上稱霸，一五四二年在松浦隆信的邀請下，於平戶白狐山上修建豪華的中國式房子定居，天天穿著綢緞衣裳，指揮兩千名部下。第三位是把天主教傳播到日本的第一位傳教士聖方濟各・沙勿略。第四位是英國人三浦按針，乃一六〇〇年漂流到日本的荷蘭船員，當上德川家康的外交顧問，被賜予日本姓名和江戶附近三浦半島的領地；爲了在日本開設英國商館出力，一直到最後都未能回國，死在平戶。第五位和第六位則分別爲平戶荷蘭商館和英國商館的第一代館長。

平戶既是歷史城市，又是國際城市。或者說，平戶的歷史就是國際交流的歷史。從歷史之路往南，走過了充滿南洋氣氛的大蘇鐵樹，前方高處看得到一九三一年建設的平戶天主教堂，亦稱聖方濟各・沙勿略紀念教堂。從那兒走下坡，經過給放逐去雅加達的荷蘭商館館長之混血女兒（Cornelia van Nijenroode，一六二九－一六九二）爲在平戶去世的父親蓋的供養塔，就到了王直故居（照片㉒），再下來便是英國商館舊址了。東京等大部分日本城市，都受過地震、火災以及戰爭的破壞，不僅木造房子燒燬，往往從前的土地區劃也消失了。平戶則很特別，幾百年前的區劃仍舊保留下來，只是不同時代由不同人居住而已，結果造成了千層糕一般迷人的歷史斷面。比方說，王直故居，乃本來松浦隆信（道可）自己住過的白狐山城，而後讓給王直前後住了十五年，當他回中國被捕以後，又爲了找回遷去了長崎的葡萄牙人，一時也蓋過聖母教堂或稱天門寺，有人說是當時在全日本最美麗的教堂，但是在德川幕府的禁教政策下，最後還是非得拆掉不可，經過了幾次轉變，如今是日本神道其中一派金光教的教會了。這樣的變遷只能說像歷史萬花筒。

在平戶，歷史成層，地也成層。走到平地，前方有三浦按針曾住過的英國商館舊址，以及一五〇二年創業的甜點店蔦屋的茶寮，可以坐下來嘗嘗松浦家掌門開創的鎮信流茶席上用的精緻甜點。這些甜點，曾被「御留置」即禁止帶出平戶之外，恐怕是明顯受了天主教葡萄牙文化之影響，怕惹起德川幕府的緣故。據說，最初耶穌會士來日本傳教的時候，贈送玻璃瓶裝的星星形糖果粒，成功地獲得了織田信長等掌權者的歡心。

照片㉒｜明代徽商王直在平戶蓋巨大的中國式房子住下來，指揮了兩千多名部下。他故居一時也改修為全日本最美麗的天主教堂。

平戶牛

平戶因爲是歷史上日本跟外國交流的舞台，許多新奇的事物，都從這裡進入了日本。比方說，西式麵包，是一五五〇年葡萄牙船員傳過來的。南美原產的菸草，則是一六〇一年西班牙籍傳教士帶來，作爲禮物送給了當年全國權力最大的德川家康。又比如說油漆，是一六〇九年修建荷蘭商館的時候，用來塗裝外牆，使之前只看過本色木料房子的日本人大驚小怪的。或者說到啤酒，乃一六一三年英國籍船舶航進平戶港的時候，船員們帶著上陸的。又或者番薯，是一六一五年英國出身的航海家三浦按針去東南亞做貿易的旅途上，在琉球獲得，送給了駐平戶的英國商館館長；他後來在鄭成功的出生地平戶千里濱附近種植番薯，樹立了又一個日本第一次的紀錄。還有關於西醫的知識，也是西方船員具備的知識經過平戶傳播到日本各地的。抑或關於佛教的知識譬如禪宗和中國原產的植物，是日本僧人榮西赴宋代中國學習，在回到日本的第一站平戶停留了幾個星期的時候，以富春庵爲據點向當地民眾傳教，並把中國茶的種子播在後院裡栽培，也向眾人教授了製茶的技術和喝茶的藝術。

如今聞名世界的日本產黑毛和牛，也有人說是發源於平戶的。由考古學家於公元前的遺跡裡發掘出牛骨、牛牙齒等。到了十三世紀，有本書叫做《國牛十圖》，介紹日本十個地方生產的名牛。其中寫道：「御廚牛（即平戶牛）本來是獻給朝廷和神仙的貢牛。」平戶地區歷來以盛產牛馬和海鮮爲名。討論松浦家家世的文獻裡都說，最初是公元十一世紀中給派去當「御廚」即管轄大宰府（位於現今福岡縣）伙食的官職。也有傳說道：從中世紀到近世紀，有朝鮮牛經離島傳入平戶，成爲了今日和牛的始祖。十七世紀初在平戶建商館定居的荷蘭人，也因爲吃牛肉、喝牛奶，帶來了西洋種類的牛，並且在鄰近的橫島開設牧場養殖牛，結果跟當地原有的牛雜交，產生了肉質優良的平戶牛。

總之，平戶產牛肉大名鼎鼎。雁屋哲原作的著名美食漫畫《美味大挑戰》將其形容爲「夢幻的平戶牛」，一個原因是產量不多，目前只有八戶畜牧業者養育著一千三百頭而已，每年在市場上流通的總共才六百頭。所以，非得去當地，否則是很難吃到的。

日本人吃牛肉的菜式，主要是壽喜燒、涮涮鍋以及韓式烤肉，其中烤肉最合適於想要邊吃食邊喝酒的我們一族。根據事前調查，平戶市內有兩家烤肉店：一家叫燒肉鈴，另一家則叫燒肉市山。工作日的平戶市內，到了黃昏時間，行人不多，營業中的食肆也寥寥無幾，估計大多遊客都在飯店裡吃「一泊二食」方案所包括的定食吧。我們逛著街走到了燒肉鈴，然而這天休業不開門。只好走到位於鏡川邊的燒肉市山，幸好這一家在營業中。

燒肉市山是精肉店開設的餐館，在當地算是高級食肆。果然，不到六點鐘，大多位子已客滿。有年輕男女約會，有一家三代同堂慶祝喜事，大家都吃得很開心的樣子。肥瘦混合的和牛肉呈粉紅色，烤來吃覺得不怎麼肥。日本人覺得：因爲材料本身是頂級的，所以不需要加太多調味料，撒點鹽和胡椒，沾點糖和醬油便夠了。不過，外國人也許會有不同的意見：既然去餐廳，自然期待專業的烹飪術。我們到平戶，吃了一頓燒肉晚餐，心滿意足地走回飯店去，跟著要好好洗溫泉作甜夢了。

生月島的「切支丹」

平戶島形狀細長，南北有三十二公里長，東西有十公里寬。從北端的田浦到南端的宮浦，大多是彎彎曲曲的山中小路，總距離達四十五公里，開車縱貫需要一個小時。東邊隔著「平戶瀨戶」即狹窄的海峽面對著九州島，連接兩邊的平戶大橋一九七七年開通。西邊則隔著「生月瀨戶」面對著生月島，連接兩邊的生月大橋一九九一年開通。也就是說，直到一九九一年，從平戶島去生月島需要坐船；直到一九七七年，從九州去平戶島都得坐船。生月島能保留下來古老的「切支丹」信仰，顯然有被兩個「瀨戶」的急流隔離的地理因素。

一五五〇年，葡萄牙商船首次到達平戶，耶穌會傳教士聖方濟各·沙勿略也馬上把福音傳到這裡來了。當地領主松浦隆信（道可）對海外貿易很感興趣，對於天主教則不冷不熱。他卻讓家臣籠手田安經受洗禮成爲教名叫做安東尼奧的天主教徒。籠手田的領土分布於平戶島西岸的根獅子地區和生月島等地。結果，當年生月島總共兩千五百名居民中，有八百名受洗禮成了天主教徒。其中竟然有佛教和尙改成爲天主教徒，把原先的佛教寺院改爲天主教堂舉行彌撒的。他們拒絕參加佛教法事，連領主松浦家的葬禮都不肯去，這麼一來麻煩就大了。後來，天主教遭禁止，信徒被殘酷迫害。生月島發生了許多宗血腥迫害事件。

一六一四年德川幕府發布了禁教令，一六四四年最後一名傳教士殉教，從此日本國內沒有了神父，也沒有了教堂。一八七三年，明治新政府在西方國家的壓力下，終於取消了禁教令，從此傳教士們重新開始來日本。多數「潛伏切支丹」信徒，潛伏了兩百三十年之後，回到聖母瑪利亞的懷抱去，當上了堂堂正正的天主教徒。但是，居然有一部分人，與其回到天主教，寧願保持「潛伏切支丹」信仰，雖然客觀上不再需要潛伏，久而久之，他們信仰的內容也跟正宗的天主教有了出入。

自從一八七三年取消禁教令，至今又過了一百四十年。從德川幕府的禁教起，更有三百多年了。奇蹟般地保持到二十一世紀的「潛伏切支丹」信仰，如今終於面對滅絕危機，顯然跟平戶大橋、生月大橋的連續開通有關係。曾經被湍急海流隔離的生月島上，社區人士世世代代祕密地持續著「潛伏切支丹」的種種儀式，其中有一看就是天主教來源的，也有倒像日本土著神道的。然而，跟外面世界連接起來後，年輕人一個一個地離開故鄉到長崎、東京等大城市去讀書、工作、生活了，叫他們回老家繼承祖先傳下來的宗教談何容易。

我們平時生活在東京，「潛伏切支丹」是書本上寫的歷史故事，到了平戶生月島倒是活生生的現實了。跟其他國家的人比較，今日日本人可以說是宗教意識相當淡薄的民族。不管是基督教、天主教、佛教，還是神道，有明確信仰的人屬於少數。可是，到了生月島，著名的景點就是曾有多數「潛伏切支丹」殉教的中江島，或者在殉教紀念公園裡屹立的大型十字架等。所謂殉教，說穿了就是以信仰為罪名的死刑，當年日本是把信徒綁在十字架上處以火刑的。據說，許多信徒，包括年少的孩子們，都唱著聖歌斷了氣。對倖存的「潛伏切支丹」來說，那些殉教的人們，成為跟耶穌、聖母一樣的崇拜對象，該說不足為奇吧。

明治維新後回歸天主教的島民，委託鐵川與助設計的天主教山田教會，於一九一二年竣工，前些時已經慶祝了一百週年。但是，更多的「切支丹」信徒，覺得回到天主教就等於放棄祖先保持下來的信仰。在生月島，過去一百多年天主教徒和「切支丹」算和平共處，而兩者之間曾是不通婚的，到了一九八〇年代以後才有通婚的例子。根據二十一世紀初日本政府舉行的人口普查，生月島總共八千五百名居民中，仍有一千名是「切支丹」。

從平戶島去生月島的公車班次很少，而且路途也不近。我告訴司機：要去生月島博物館。巴士一過大橋，他就等不到下一個站，便讓我們下車並沿著小路走過去。生月町立博物館叫做「島之館」，乃是在平戶市內展覽出有關「切支丹」資料的兩個地方之一。規模不大的博物館一樓展出以前在這兒繁盛的捕鯨業方面的資料，二樓則陳列「切支丹」的念珠、聖畫等，並且放映宗教儀式的影片。十六到十七世紀，西方傳教士教當地信徒念葡萄牙語或者拉丁語經文，沒有了神父以後，他們還是代代傳下來，雖早已不知道內容，卻像咒文一般口傳下來了。有學者找來西語原文，給「切支丹」信徒解釋原義，他們卻不知所措，很是為難。他們感到的尷尬是不難理解的。

從生月島回平戶島的公車，班次也很少。我們匆匆參觀完「島之館」，得趕緊跑去公車站。太可惜了，時間有限。不過，即使有多兩、三倍甚至十倍的時間，理解「切支丹」的歷史恐怕也不容易。

紐差教會、寶龜教會

去過平戶的日本人不多。當我提到平戶的魅力，很多人都問及：是否充滿著異國情調？答案呢，是也不是。

這裡在十六到十七世紀曾來過很多國家的很多人：中國人、朝鮮人、葡萄牙人、西班牙人、荷蘭人，英國人，以及他們帶來的非洲人、印度人、馬來人等。但是，後來德川幕府採取類似於明清海禁的「鎖國」政策，只有少數中國人、朝鮮人和荷蘭人被允許來日本繼續做貿易。而當年旅日中國人住的「唐人屋敷」和荷蘭商館所在地出島，都在於現長崎市；至於平戶，荷蘭商館搬過去以後，便沒有了外國人的足跡。也就是說，國際港口平戶，曾經確實存在了一百年，然而後來，由於德川幕府的政策改變而消失了。據說，連領主松浦家都因爲害怕被天主教牽連，主動燒掉了所有葡萄牙人遺留的舶來品。

不過，說後來的平戶沒有了異國情調，也顯然不對。因爲有外國血統被放逐去澳門和雅加達的混血兒女寄回來的家信至今保存下來，部分平戶人應該一直知道外國有親戚的。再說，「潛伏切支丹」信仰的內容，起碼最初是耶穌會士直接傳授的道地天主教，可說是西方文明的核心。兩百多年隱藏在櫃子裡的「瑪利亞觀音」像或者圖畫，雖說逐漸日本化到一定程度，但仍然充滿著異國情調的。

一八七三年，天主教解禁以後，日本各地都重新修建起天主教堂。然而，按人口算，長崎縣的教堂始終最多，平戶市內的教堂又特別集中。再說，平戶的教堂一座一座都修得特別精緻、美麗，不能跟其他地方的教堂同日而言。這一切，只能說是曾經被禁止，被迫潛伏的歷史所致。位於平戶島中部的寶龜教堂一八九九年建立，紐差教堂則於一九二九年竣工，都蓋在人口稀少的山區，卻猶如歐洲童話一般的可愛，容易看得出來信徒們爲建設教堂所貢獻的精力、時間、金錢。總之，這種教堂在日本其他地方都沒有。顯而易見，因爲有曾經潛伏的歷史，平戶人的信仰特別虔誠。

兩個天主教堂給我留下最深刻印象的，就是地點的偏僻。我說要去紐差教堂參觀，觀光協會的諮詢人員主動提醒我說：「附近有超市賣手工便當。」換句話說，周圍沒有餐廳或食品店。於是到了紐差，我們一下巴士就匆匆找那家超市買便當，然後隨身帶到紐差教堂和鄰近教區的寶龜教堂參觀去了（照片㉓、㉔）。外表設計和屋內裝飾之美麗，以及宗教氣氛的濃厚都超乎我的想像。看看寶龜教堂裡面的布告欄，果然當地有一些少年去長崎市內的小神學院就讀，準備畢業後爲信仰而活一輩子的。日本唯一接受中學年齡學生的長崎小神學院，來自全國的學生現在共有六十二名跟神父一起生活，每天除了白天上普通學校外，早晨和晚間上神學的課程。

從迷人的木造教堂走出來，遠處在森林那邊望得見蔚藍的大海；這兒是半農半漁的村莊。我們在天主堂旁邊的寶龜小學運動場外坐下來吃野餐。在超市買的便當盒裡有上面撒滿了雞蛋絲的當地風味大村壽司和「蒲鉾」炸魚糕等，很樸素很好吃。有幾個小孩不知從哪兒出來看看我們三個外來者。不料，忽而下起雨來，只好匆匆吃完趕緊走了。可是，到了公車站才知道下一班車是兩個小時以後才會來。於是打電話到計程車行要輛的士，對方說：「從平戶中心區過去，起碼要二十分鐘。」既然沒有其他法子，我們只好打著雨傘在山中馬路邊站著等車。還好，不到二十分鐘，車子就來了。回到東京後，我上網查看才得知，那所平戶市立寶龜小學，其實已於二〇一一年三月停辦，結束了一百三十年的歷史。原因不外是兒童過少，最後一年入學的小朋友只有一名，全校學生加起來才二十四名而已。現在，他們坐學校巴士到紐差小學去念書。

1899年建立的寶龜教堂（左照片㉓，右）和1929年竣工的紐差教堂（右照片㉔，左）都位於很偏僻的山區，卻跟西方童話一般美麗可愛。

鄭成功的故鄉

我們二〇〇九年底去南台灣旅行，在台南看見了好幾個鄭成功像。記得火車站廣場中央有立像，延平郡王祠有騎著馬的，安平古堡外好像也有一個吧。畢竟，就是他，從台灣島驅逐當年以台南爲根據地的荷蘭人，寶島歷史上頭一次建立了漢人政權。台南的延平郡王廟，除了祭祀鄭成功外，還祭著他的日籍母親田川松。她是平戶領主松浦隆信（宗陽）的家臣田川七左衛門的女兒。

鄭成功的父親鄭芝龍出生於福建泉州南安縣，年紀輕輕就到葡萄牙治下的澳門去學貿易、西語，並受洗禮成天主教徒，一六二三年二十歲時到平戶，從外號叫中國甲必丹的李旦那裡繼承了海上生意的大權益，並且娶了個當地武士之女爲妾，生下了兩個兒子。鄭成功就是他們的長子，一六二四年生於平戶市區南方六公里的千里濱。他長大後爲復明滅清出力，朝廷賜下了朱姓，因而世人稱他「國姓爺」。七歲以前，他跟母親在平戶過的日子裡，曾有過小名叫「福松」，顯然從祖地「福建」和母親「田川松」各取一個字的。他成爲英雄是長大後的事情。可是，在千里濱沙灘上，至今有他出生的時候，母親田川松抓住的石頭「兒誕石」，紀念英雄在此地出生。據傳說，那是一六二四年農曆七月十四日的事情，她出來在海灘上採海貝，忽然感到陣痛，就當場分娩出了後來的海上英雄。

有關鄭成功的生平，在日本都廣爲人知，因爲江戶時代的頭號劇作家近松門左衛門，一七一五年就發表了以他爲主人翁的「人形淨琉璃」（木偶戲）作品《國性爺合戰》而特受歡迎，結果連續上演了十七個月，也給翻成了歌舞伎劇本，至今仍爲頗有人氣的節目。松浦家第三十五代掌門松浦熙（觀中），也爲紀念當地出生的國際英雄，一八五二年就請著名儒者撰寫鄭成功小傳，刻在了「鄭延平王慶誕芳跡」石碑上，建於千里濱現鄭成功紀念公園裡。至於鄭成功故居，則在他和父母都去了中國以後，改爲當地修驗道的喜相院，後來又改成金刀比羅神社了。本來留在喜相院的鄭芝龍圖章和香爐，保管於松浦史料博物館。一九四一年，長崎縣政府把神社境內的七百平方公尺指定爲該縣第一號史蹟；二〇一三年，由平戶市政府出面，開設了鄭成功紀念館（照片㉕）。

位於海邊丸山上的鄭成功廟，乃一九六二年收到了台南延平郡王祠院子裡的沙子以後修建的，裡面有實物大的國姓爺像，並且每年的七月十四日舉行鄭成功祭。從旁邊的展望台能看到千里濱的鄭成功紀念公園。丸山這個地方，曾在鄭成功出生的時候，蓋有荷蘭倉庫，作爲娛樂外國船員的花街柳巷而小有名氣。後來，荷蘭商館搬去長崎出島，花街柳巷也一同搬去了。長崎市內至今有丸山地區，成爲了不少時代劇、小說的背景，包括中西禮二〇〇〇年獲得了直木賞，後來拍成電影的《長崎漫步曲》。這本書講述一個善於彈三弦的老藝妓和

照片㉕｜台灣英雄鄭成功生於平戶島千里濱，他母親田川松是當地武士的女兒。千里濱有鄭氏紀念館與廟宇。

民間學者之間的柏拉圖式戀愛。他們雙雙去尋找鮮為人知的長崎民歌，最後共同創造一首歌謠。在影片裡，著名女星吉永小百合飾演老藝妓，可是她長得太漂亮，沒能表現出非美女的悲哀和傲氣。

平戶鮃

雖說日本是小小的島國，在每個地方釣上的魚種卻相當不一樣。比如說，鮃即平魚或者比目魚，在東京魚店是甚少見到的。我從小聽句俗語道：鮃左鰈右。意思是說：比目魚和鰈魚看起來很像，都有扁扁的身體，區別在於比目魚的雙眼都在頭部左邊，鰈魚的雙眼則在頭部右邊。已故姥姥很喜歡吃紅燒鰈魚，尤其是有子的。孩提時代去姥姥家，她偶爾也讓我嘗嘗鰈魚子，跟稍甜的醬汁一起吃，眞是特級美味。但，那是頭部右邊有雙眼的鰈魚。比目魚呢？我在東京魚店看過的，好像只有已去骨去皮的肉塊，是帶回家就可以切成片當刺身吃的。對於有頭有尾的比目魚，我始終沒有印象。

這回去平戶，正好趕上了「平戶鮃節」的末尾。每年的一月初到四月初，平戶市觀光協會都舉辦這種食節，乃市內多家飯店、餐館等都廉價推出用了當地產比目魚的菜餚。市內中心區有家店叫「大德利」，翻成中文是「大酒壺」，該是居酒屋吧？不過，看觀光協會發的介紹單子，倒寫著是「生簀居食家」。日文「生簀」本來是魚塘的意思，後來指食肆裡讓魚兒活動的水槽。至於品目，有比目魚刺身、天麩羅、茶泡飯等。該行吧？

黃昏時分的平戶街頭，這晚又行人很少，許多店家早早關門，令人稍感寂寞不安。可是拉開門進去，「大德利」裡面卻很熱鬧，好像已經有幾桌客人開始吃飯喝酒了。我們在和式小房間坐了下來，既然碰上了「平戶鮮節」，該要「姿造」也就是帶頭帶尾的全魚刺身吧。

我家平時大約每週吃一次刺身。最平常的鮪魚、鰤魚、鰹魚等，是從鮮魚店買來幾百克的魚肉塊，帶回家後切成薄片吃的。自己處理整條魚的，只有烏賊、秋刀魚、沙丁魚等小型魚類而已。在日本餐廳點「姿造」，一般會非常昂貴。早五年，我替女兒邀請雙方的祖父母辦七五三慶賀宴會，爲三代八個人吃的晚餐主菜，事先訂了一隻大鯛魚的「姿造」。鯛魚是要當天早晨從築地市場特地買來大號的，餐館方面除了材料費以外，果然還要收交通費、服務費、技術費等等。結果，光是那一盤的費用就三萬日圓了。當晚，既新鮮又很大的鯛魚做成「姿造」上桌，整個場面喜氣洋洋，大家都吃得高高興興。

這回在平戶「大德利」吃到的比目魚，當地人稱之爲「座蒲團鮃」，也就是說跟坐墊一般大，可達五公斤的。跟女兒七五三時候的大鯛魚相比，品質重量兩方面都有過之而無不及。味道淡薄的白色魚片，蘸著椪醋醬油和「紅葉卸」即辣椒蘿蔔泥吃，眞不錯，而且份量特豐富（**照片㉖**）。你猜猜，這盤的價錢多少？本來在菜單上寫：一人份兩千八百日圓，那麼乘以三個人，該是八千四百吧？然而，最後在帳單上寫的數目，竟然是三千九百。我想起來前一天從田平平戶口坐的計程車，司機最後要的錢也比最初開的價少很多。我們三口子在「大德利」，吃比目魚「姿造」以外，還吃了幾樣小菜和飯糰，也喝了啤酒、清酒、汽水，總共不到一萬日圓。物美價廉，沒得說了。

照片㉖｜平戶人稱「座蒲團（座墊）」的大平魚，做成「姿造」即有頭有尾的全魚刺身，只收3900日圓：物美價廉沒得說了。

活烏賊和飛魚湯什錦麵

我說要去長崎，好幾個朋友都說：那妳該吃生烏賊了。雖然東京魚店都全年賣烏賊，可是到了產地才能吃到活的。而只有活烏賊做的刺身，才能夠從頭到腳全部都生吃。

去鄭成功紀念館的時候，我看過了附近小攤子「生簀」裡游泳的透明烏賊。活烏賊是透明的，死了就發紅，最後才呈眼熟的白色。平戶中心區有漁業合作社經營的魚店兼食肆。這家「旬鮮館」出售早晨在當地釣上的魚，當地人買回家吃，遊客則在店裡消費。有趣的是「生簀」旁邊牆上貼的一張紙寫道：注意烏賊射墨汁。墨魚的別名果然不虛傳，牠們遇到了敵人，要射墨汁反擊的。我們既然要把牠活生生地吃掉，被當作敵人都無可厚非吧。

我們這一天中午就要離開平戶去長崎了。我家有老饕強力主張：走之前，非得吃活烏賊和當地特產「飛魚湯什錦麵（あごだしチャンポン，Ago-dashi Chanpon）」不可。所以，我們把飯店的自助早餐故意吃得很少，爲十點開門的「旬鮮館」和遲些開門的森藤食堂留下盡量多的肚裡空間。

吃海鮮最適合搭配喝清酒，但上午十點卻不是正常人喝酒的時間。好在日本有「過年、過節、旅途上除外」的文化習慣，所以我們到了「旬鮮館」就光明正大地要了一瓶啤酒。然後，站在「生簀」邊，伸手指一指合意的烏賊要弄成「姿造」吃（照片㉗）。另外要了一打天然牡蠣，也當場炭烤來嘗嘗。烏賊也好，牡蠣也好，都無比新鮮可口，再說漁夫自己處理海鮮的樣子，散發出獨特的魅力。

醉醺醺地從「旬鮮館」出來，騎上租來的單車去平戶城堡，以及被稱為「西高野山」的眞言宗最教寺。附近也有古老的龜山神社。都是很大很可觀的。平戶雖然是位於日本邊緣的小地方，但是有悠久的歷史和壯闊的自然，給人很富裕的印象。神社境內到處種著櫻樹，可是賞花的季節已過去，幾乎沒有遊客。

回到市中心，森藤食堂門外已經掛上了招牌門簾，表示在營業。日文所謂的「暖簾」該發自中國。但是東瀛「暖簾」是隨風飄搖的薄薄棉布，跟大陸北方的商店冬天掛來防風的厚重「暖簾」根本是兩回事。食堂裡有不再年輕的太太和明顯年邁的老太太。我們要嘗一下平戶特產「飛魚湯什錦麵」。飛魚因為魚刺多，所以不大受消費者歡迎，可是曬乾以後提取湯汁味道很棒。平戶人把發源於長崎唐人街，本來用雞湯、豬骨湯的「Chanpon」改為飛魚湯底的了。湯麵上邊擱著豬肉片、雞肉片、魚餅片、蝦仁、木耳、高麗菜等合炒的全家福，可說是日本化的中式便餐吧。

吃了活烏賊和飛魚湯什錦麵，本來該心滿意足地告別平戶的。可是，我心中卻戀戀不捨。本來很想慢慢參觀生月島的「切支丹」文化，也很想在鄭成功出生的千里濱沙灘上悠閒

照片㉗｜吃平戶產烏賊刺身，要小心被射墨汁。因為拿活魚做的，全身透明而且還稍微動著呢！

走走戲水片刻，還很想看松浦史料博物館的紀念品店部賣著什麼禮品，更很想在博物館院子裡的閒雲亭茶室喝抹茶，吃傳統的平戶點心。

坐上開往佐世保的公車時，我心裡很難過。好想留下來，好想再回來。這麼一把年紀了，怎麼事關旅行，感情還像當初的少女一樣？一趟旅行猶如一場戀愛。既然邂逅過，永遠會留在心中一角。

雙城記：澳門與長崎

日文的「南蠻」一詞，顯然取自中文的「東夷、西戎、南蠻、北狄」，本來指自南方來的外國人。當年日本流通的「南蠻」一詞，所包含的內容相當豐富，幾乎等同於「世界」了。

大航海時代

說到長崎，也許外人只知道是一九四五年八月九日，美軍飛機投下了第二枚原子彈，導致日本無條件投降的城市：Nagasaki。實際上，這座城市的歷史很豐富，有些歷史家還說它跟澳門是雙胞胎。

說長崎跟澳門是雙胞胎，因爲都是公元十六世紀來東亞海域的葡萄牙人，獲得當地政權的許可開港而居留下來，一方面從事國際貿易，另一方面展開傳教活動的港口城市。那是公元一四九八年，探險家瓦斯科・達伽馬從歐洲啓航，繞過南非好望角，終於「發現」了往亞洲的航路之後，接踵而來的葡萄牙船隻占領印度西岸的果阿邦，逐漸凌駕於印度洋，開始出沒南海、東海的年代。

當然，沒被西方人「發現」之前，東方早就存在。不僅存在而且當年比西方還要發達。爲了獲得在家鄉找不到的寶物，西方人才想到東方來的。

達伽馬抵達印度之前，附近海域曾是穆斯林商人的天下。最繁榮的交易城市則是馬來半島的馬六甲。位於印度洋和南海之間，馬六甲海峽是阿拉伯、印度產品與中國製絲綢和陶器聚集的大市場，也是帆船停泊等待季節風的好地方。季節風每半年換方向，送走往西往東的船隻。

在十五世紀前葉，鄭和七次下西洋時留下的華人後裔，後來分布在現屬於馬來西亞、印尼的南洋島嶼上，也從事著貿易。一五一一年，爲了搶奪貿易利益，尤其是在馬六甲港停泊的各國船舶繳的海關稅收入，葡萄牙人打下了馬六甲。當地人長年都沒忘記被西方人攻下的屈辱；如今，華人和當地人之間的混血族群峇峇娘惹後代，在唐人街開的一家飯店就叫做一五一一。

葡萄牙人跟著派使節去廣州，要求跟明朝建立貿易關係。可是，這時候的明朝廷已採取海禁政策，不願意跟俗稱「佛郎機」的西方人打交道。結果，一五二〇年左右，「佛郎機」中脫離了葡萄牙政府屬下印度總督控制的部分私商，直接前往浙江寧波附近的雙嶼、福建漳州等地，找可得的利益去了。

當時，中國沿岸頻頻有「嘉靖倭寇」出沒，其中既有日本人又有中國人，在他們眼裡最值錢的東西，還是明朝海禁以後斷了貨的中國製絲綢和陶器。新來東海的「佛郎機」本來就是半商半盜性質的，很快就加入「嘉靖倭寇」之列。一五四八年，明朝官方掃蕩雙嶼，包括「佛郎機」在內的各國私商都搬遷去了澳門西南方的浪白澳。

一五四三年，載著三名葡萄牙人的中國船隻漂至日本南端現屬於鹿兒島縣的種子島，把火槍傳入了當時正處於戰國時代的日本。那就是在日本歷史上大名鼎鼎的「鐵炮傳來」。

我小時在學校課堂上聽到「葡萄牙人、種子島、火繩槍」的故事，印象非常深刻。對日本小孩來說，這則故事傳奇的程度，跟在傳統童話書裡，大桃子從河流上游漂浮下來，老太太帶回家切開以後，從裡面跳出來胖嘟嘟的男嬰桃太郎差不多。畢竟，日本人之前根本沒看過藍眼睛、白皮膚的外國人。

直到最近，我才忽而清楚地意識到：其實那些葡萄牙人坐的船屬於生在安徽省，當年在日本九州平戶島蓋中國式豪宅風靡一時的五峰王直，他自稱爲「大明儒生」。果然，由他在種子島沙灘上寫的漢字解釋，日本人才曉得船上的那三位是「西南蠻種的賈胡」，也就是自南歐來的商人。所謂「火繩槍」也並不是歐洲產品，行家叫此類火器爲「馬六甲槍」。

從十五到十六世紀，葡萄牙人和西班牙人航海繞地球開啓了「大航海時代」。在一般日本人的印象中：遠東島國的居民就是在那個年代才第一次接觸到西方人，結果日本歷史也終於跟世界歷史連接上了。然而，實際上，南海、東海歷來是華人天下。一五一一年葡萄牙打下了馬六甲以後，分布於南海、東海各地的華商們，跟「西南蠻種的賈胡」時而合作時而競爭。總之，就是中國籍海商把西方人引路到日本來的。

雙胞胎城市

很多人都說：澳門的地形很像葡萄牙首都里斯本；除了瀕海以外，還處處是窄小的坡道，有利於構築要塞防禦敵人攻擊。而這兩個特點，偏偏也是長崎的特點。生下了雙胞胎城市澳門和長崎的母親，就是十六世紀的世界霸主葡萄牙。

如果誰以爲澳門不過是世界最大的賭城誰就錯了。那裡的歷史城區於二〇〇五年被聯合國教科文組織列入了世界文化遺產名錄。構成歷史城區的，有以天主教堂爲主的二十二棟建築物和八處廣場，其中具有歐洲風格的地標很多是一五五七年左右，葡萄牙得到當地官吏的許可，在此地居留下來以後的第一段時間裡匆匆建造的。

從葡萄牙的角度看來，澳門是遠東貿易和傳播天主教的前線基地；從中國的角度看來，澳門則在十九世紀中的鴉片戰爭以前，大約三百年都是天朝最重要的對外開放港口。

結果，這座小城擁有許多歷史上的「中國第一」。例如：中國第一所西式大學（聖保祿學院）、中國第一所西醫院（白馬行醫院）、中國第一所西式印刷廠（聖保祿學院附屬印刷廠）、中國第一所西式劇場（崗頂劇院）等。如今被當作澳門象徵的「大三巴」，其實就是聖保祿學院大門的遺跡。另外也有一五六九年由第一代澳門主教建立的仁慈堂，乃中國第一所基於天主教博愛精神，經營育嬰堂、痲瘋院、孤兒院、老人院等福利設施的慈善救濟組織。

看著關於澳門仁慈堂的說明，我被似曾相識之感所襲，趕緊查一下它的葡語名稱，沒錯，就是聖慈悲之家（Santa Casa da Misericórdia）。一四九八年，葡萄牙王妃在里斯本主教座堂的迴廊一角，開設了第一個慈悲之家。然後，隨著傳教士的東進，遠東各地都有了慈悲之家的。

今天在日本長崎市的地方法務局院子內，有枚石造紀念碑刻著：Misericórdia總部舊跡。一五八三年，大阪出身的日本籍天主教徒夫妻，為在長崎創立「慈悲兄弟組」，派人去澳門，取得了仁慈堂的規章和旗幟。當時，澳門仁慈堂開設後已有十四年歷史，向它學習的長崎「慈悲兄弟組」由日本教徒出錢出力，不久也開始經營痲瘋院、老人院、孤兒院、寡婦院、墓園等等了。

日本的第一所西式醫院是一五五七年，出身於葡萄牙猶太家庭，後來改信天主教，作爲商人來日本以後，更成爲天主教耶穌會神父的阿爾梅達（Luis de Almeida）被現九州大分縣的領主賜予了一塊土地，在當地開設的外科、內科、痲瘋科綜合醫院。在那兒，他舉行了日本歷史上第一次的外科手術，也組織「慈悲兄弟組」叫信徒們去照顧弱勢族群，並且在醫院附設的醫學院裡，培養了日本第一批的西醫生。據說，阿爾梅達成爲神父的最大原因，就是在日本看到了太多殺嬰、棄嬰個案而受了衝擊。直到一五八三年，即長崎開設「慈悲兄弟組」那年去世爲止，前後約三十年之久，他都在日本從事宗教福利活動；大分縣至今還有阿爾梅達醫院，乃當地醫師會爲紀念他的事跡命名的。

二十世紀日本有個傑出的女性美術史家叫若桑綠（Wakakuwa，Midori，一九三五—二〇〇七），以二〇〇四年問世的《四個少男》（Quattro Ragazzi）一書獲得了表揚優秀歷史評論的大佛次郎獎。標題中的「四個少男」指的是，一五八二年從日本被派去羅馬見教皇的少年使節。該書裡，若桑探討爲何當年會有那麼多日本人願意成爲天主教徒。畢竟，十七世紀初德川幕府禁教以前，日本竟有多達六十多萬的教徒，等於當年葡萄牙總人口的四成。男性歷史家們一般都認爲是被經濟利益所吸引，若桑卻不同意。她說，就像阿爾梅達，西方傳教士們身體力行的人道主義感動了日本群眾所致。她也說，天主教提倡一夫一妻制並禁止姦淫，對因爲丈夫拈花惹草而受到折磨的日本女人而言，簡直就是現世救贖。若桑綠也研究性別歷史，從女性主義的角度解剖歷史，手法乾淨俐落之至。

另一處世界遺產

比澳門晚十年，日本長崎也舉手希望被列入世界文化遺產名錄了。

長崎港亦於十六世紀後葉，在葡萄牙商人、傳教士的要求下開港，曾被譽爲「東方羅馬」。在小小的長崎半島上，一時竟有了十三座天主教堂。其中位於海角盡頭的一座，被稱爲「蒙召升天的聖母教會」，附設著司祭館、神學院、印刷所、繪畫教室，以及由三個大鐘和八音盒組成的精緻鐘塔。那個鐘是用羅馬數字和天干地支的漢字表示時間的。不難想像，在當年的日本人眼裡，海角上的教堂顯得多麼華麗、迷人。

屬於耶穌會的傳教士們，最初從馬六甲，後來從澳門，乘坐葡萄牙商船來到日本，所以貿易港口往往也就是傳教基地了。一五五〇年，沙勿略去九州西端的平戶島傳教以後，大約十年時間，葡萄牙商船都定期到平戶島卸貨，給當地帶來了經濟繁榮。然而，一五六一年，在葡籍船員和當地日本人之間發生一場械鬥，導致多名葡人死傷。結果，葡萄牙商船從此不來平戶了，改去鄰近的橫瀨浦、福田等地。一五七〇年，由耶穌會士測量長崎附近的水深，發現那裡的地形特別合適於大型船隻出入。恰好，當地領主大村純忠已受洗成爲了天主教徒。耶穌會要求他將長崎港開闢，並叫周邊地區的信徒們搬遷過來集體居住。

看當年的地圖，長崎是細長如人腳的半島。這形狀跟一五五七年葡萄牙人開始居住時的澳門半島相似到神奇的地步，好比是同一個人的右腳和左腳。後來，兩個城市都進行了大規模的填海工程，地形跟原先完全不同了。但更不同的是，兩個城市後來的命運。

雖然有人說當年澳門在法理上不算是殖民地，是葡萄牙人買通當地官吏居留下來而已，但是從後來的歷史發展看來，直到一九九九年回歸中國爲止，前後四百四十年之久，澳門一直都在葡萄牙的統治下。就是因爲如此，有關天主教的古蹟從沒遭到破壞，今天的澳門歷史城區仍保留著大航海時代的側影。

長崎的命運則不一樣。一五七〇年代的日本正處於戰國時代，封建領主大村純忠對長崎的統治並不穩固，反之重複受著周邊邦國部隊的攻擊。一五八〇年，大村氏決定把長崎半島捐給耶穌會。這在當年日本並不是特殊的情形；全國各處都有屬於佛教寺院的土地，而當初日本人確實錯誤地以爲天主教是佛教的一派。然而，一旦最高掌權者對天主教起疑心，之前的承諾則根本不算數，土地所有權和統治權都一下子要被剝奪了。一五八七年，剛統一日本西部的豐臣秀吉，忽然命令天主教傳教士統統在二十天內離開日本，並以實力收回了長崎。他和稍後上台的德川家康，都一方面歡迎葡萄牙人來日本做貿易，另一方面懷疑傳教士有侵略日本的政治目的。難就難在耶穌會在日本的活動依靠著貿易賺來的利益，而貿易資金又依靠著教會的投資，兩者是不能分開的。

自一五八〇到八七年，長崎屬於耶穌會，乃該會和當地的封建諸侯大村純忠之間達成的協議。當豐臣秀吉收回長崎變成直轄地之際，葡國官方完全沒有發言權。反之，在澳門，無論天主教被清政府禁止與否，葡萄牙人從當地官員取得的居留權始終不成問題。中國地方大，皇帝遠；從北京的朝廷看來，澳門一向是位於東南僻地的小小半島而已，再說，和大陸之間設立關閘，控制天主教往內地傳播也較爲容易。

一六一四年，德川家康進一步發布禁教令，命令拆毀日本各地的天主教堂。長崎半島上的十三座教堂也不例外。當地信徒們拚命保護「慈悲兄弟組」，但是一六二〇年，包括屬下的七所醫院在內，一切都給破壞了。後來，在長達兩百多年的禁教時期裡，長崎人代代口傳「慈悲屋」的故事。可見，天主教的人道主義多麼深刻地打動了日本老百姓的心。德川幕府對教徒進行的殘酷迫害，包括拷問和處刑，教人光看文字紀錄都慘不忍睹。曾曇花一現的「東方羅馬」，即澳門的姊妹城市長崎，沒能維持半世紀，就從地球上消失得乾乾淨淨了。

既然如此，聯合國教科文組織要列入世界文化遺產名錄的「長崎的教堂群和跟天主教有關的設施」究竟是什麼東西呢？

其中，最古老的大浦天主堂建於江戶時代末期的一八六四年（**照片㉘**），即比澳門的遺產群約晚三百年。明治維新前夕，德川幕府在西方列強的壓力下，不得不允許旅日西方人為同胞建設天主教堂。不料，在長崎各地潛伏了兩百多年的日本信徒之間，居然有句傳說：七代以後神父會再來。於是當潛伏信徒的子孫們聽到從歐洲來的神父開設了大浦天主堂之際，馬上前往而向法國籍神父告白他們家族私底下保持了兩個半世紀的信仰。那就是一八六五年三月十七日，轟動了全球天主教界的「發現信徒事件」之始末。如今成爲世界遺產的「長崎的教堂群和跟天主教有關的設施」由十三個歷史資產組成。其中，九座教堂是潛伏了好幾代以後正式回歸天主教會的信徒們建設的，另外三處則是較早的禁教時期信徒們受到迫害而殉教的古蹟。

可見，跟長久保留下來的澳門歷史城區非常不同，長崎的天主教堂是曾經繁盛後受殘酷迫害而消滅過一次，然而過七代以後，正如預言奇蹟般的復活了。歷史極其複雜曲折。

南蠻趣味

俗稱「太閤」，外號叫猴子的豐臣秀吉（一五三七－一五九八），對天主教非常警惕，

照片㉘｜1864年建立的大浦天主堂。在地下潛伏了兩百多年的日本「切支丹」們，在這兒向法國藉神父告白信仰，導致了天主教歷史上的大事件：發現信徒。

同時對葡萄牙人帶來的新奇事物，卻是喜愛不已的。果然，在他治下的十六世紀末日本社會，大大地掀起了「南蠻」風潮。

一五九〇年，被耶穌會士帶去歐洲見了羅馬教皇的「四個少男」（天正遣歐少年使節）回到日本，穿上華麗的「南蠻衣裳」去見豐臣秀吉，並演奏了從歐洲帶回來的風琴、提琴等西洋樂器，博得了首長的拍手喝采。據說，秀吉也對大象、孔雀等使節帶回來的異國獸禽情有獨鍾。第二年，當他遠征九州之際，帶了不少學者、藝術家等，讓那些文人在長崎接觸到了葡萄牙船傳來的「南蠻文化」。結果，之前日本人沒吃過的「南蠻」食品如麵包、糖果、牛肉、雞蛋、葡萄酒等等，衣料如斗篷、雨衣、褲子等等，統統成爲京都時尚，久而久之融入了日本文化，並且傳承到今天今日來。

日文的「南蠻」一詞，顯然取自中文的「東夷、西戎、南蠻、北狄」，本來指自南方來的外國人。十六世紀中期，日本人第一次看到的葡萄牙商人是從南海坐船北上而來的，加上引導他們的華商王直又介紹說是「西南蠻種的賈胡」，於是日本人把他們稱爲「南蠻人」合乎邏輯。日本的歷史課本上都一貫說：當時的日本人把葡萄牙、西班牙來的天主教徒叫做「南蠻人」，把稍後來的荷蘭、英國基督徒則叫做「紅毛人」。直到二十一世紀初，才出現新一代的歷史學家提出疑問：日本人歷來把荷蘭船叫做「阿蘭陀（Holland）船」，卻偏偏把葡萄牙船叫做「南蠻船」，究竟是爲什麼呢？

答案特別有趣。

一方面，從澳門來的「南蠻船」上，不僅有葡萄牙、義大利等南歐國家出身的天主教徒，而且有他們在非洲、印度等地找來的黑種船員以及奴隸等。另一方面，當年葡萄牙人口總共不到一百五十萬，要往海外發展，光靠本國人是遠遠不夠的，於是官方鼓勵男性同胞在海外各地娶外國妻子而擴大勢力。結果，十六世紀末，澳門人口的一半居然是葡萄牙人和中國人、日本人、朝鮮人等之間生出的混血兒女，以及東非莫三比克、印度果阿、馬來半島馬六甲等殖民城市出身的人士了。從澳門來日本做貿易的葡萄牙船，船員的種族結構一看就相當複雜，使得當年日本人用「南蠻」一詞來形容這群體。

再說，以往的學者很少指出過：從葡萄牙來東方發展的西方族群中，顯然有一大部分是從伊比利亞半島被放逐出去的「賽法迪猶太人」。十五、十六世紀葡萄牙和西班牙兩大帝國向海外擴大勢力，學界曾認爲：天主教會要對抗基督教會發起的宗教改革，正和剛掀起的重商主義意識形態相結合所致。最近越來越多研究者卻認爲：其實，從歐洲被放逐出來的猶太人，要往海外尋找安息之地的因素也一樣重要。根據近年的研究成果，例如岡美穗子的《商人與傳教士：南蠻貿易的世界》，一五八〇年澳門葡萄牙人口中，竟有一半是猶太裔的。連在著名的耶穌會傳教士當中，也不乏從猶太教改宗過來的人士，包括在日本讓「南蠻醫學」普及的阿爾梅達大夫。

也就是說，當年日本流通的「南蠻」一詞，所包含的內容相當豐富，幾乎等同於「世界」了。

非常遺憾的是，從十六世紀末到十七世紀初，曾風靡日本社會的「南蠻潮」，後來由於德川幕府嚴禁天主教，不僅從人們的生活中消滅，而且也從人們的記憶中消失了。於是十九世紀中葉，在西方列強的壓力下，重新向世界打開國門的日本人，敢情不知道兩百多年以前的「南蠻潮」爲何事了。誰料到，從記憶中消失得乾乾淨淨的「南蠻熱」，卻似乎留在日本人的遺傳基因裡。

一九〇七年，著名詩人與謝野寬帶領北原白秋等四個年輕詩人，去九州西部旅遊一個月，訪問跟天主教有關的古蹟，並且合寫紀行文《五雙鞋子》連載於《二六新聞》。結果，掀起了日本歷史上第二次的「南蠻潮」。

比如說，北原白秋一九〇九年問世的第一本詩集叫《邪宗門》，開頭就道：我思念末世的邪教，天主教宙斯的魔法；黑船的甲必丹，紅毛的不可思議國；紅色的玻璃，味道尖銳的康乃馨；印度的條紋棉布，以及荷蘭烈酒，葡萄牙紅酒，云云。芥川龍之介受他們的影響，創作出了一系列以古昔日本天主教徒爲主題的小說：包括一九一八年作品《邪宗門》，以及《菸草和惡魔》、《奉教人之死》、《聖克里斯多福傳》等。以編纂日語詞典《廣辭苑》大名鼎鼎的語言學者新村出，熱中於「南蠻」文化的程度也很不凡，留下了一九一五年出版的

第一部著作《南蠻記》，和後來陸續發表的《南蠻更紗》、《南蠻廣記》、《琅玕記》等等充滿異國情調的多部著作。

南蠻菓子、南蠻屏風

在日本，歷史最悠久的西式甜點，一般認爲是長崎福砂屋的卡斯提拉（Castella），乃用長方形模子烤製的蛋糕。一六二四年開張的福砂屋，以蝙蝠圖形爲商標，字號則取自主材料「砂」糖和其產地：中國「福」州。至於商品名稱卡斯提拉，好像是取自中古時代曾在伊比利亞半島上的卡斯蒂利亞王國。

前些時候，我在台灣報紙上發表過有關卡斯提拉起源的小文。後來，有讀者在部落格上寫感想道：她祖父母一貫叫這種蛋糕爲「南蠻菓子」，而做孫女的一直不知道其所以然，看了拙文後得知，原來卡斯提拉發源於現屬於西班牙的卡斯蒂利亞王國，因而老人家沿用古老的日本俗語稱之爲「南蠻菓子」的，原來如此！我讀後亦喊出：原來如此！

日本人，尤其文人對「南蠻文化」的憧憬，有點像從十七世紀起在歐洲曾經風靡一時的「中國風」（Chinoiserie），也就是對異國文化強烈到似病態的想念。

在豐臣秀吉、德川家康統治下的日本，一方面迫害天主教，另一方面卻被傳教士帶來的

「南蠻文化」所迷住。不僅是諸侯、貴人，連平民老百姓都紛紛穿上「南蠻」味道的服裝、帽子，掛上十字架項鍊，用舶來品裝飾室內。文人圈子裡，更流行刻羅馬字圖章，蓋在文信書畫上當落款。

今天的日語詞彙中，還有不少單詞是當年從葡萄牙語流入的，例如：カルタ（karuta、紙牌）、シャボン（shabon、肥皂）、メリヤス（meriyasu、針織品）等等，或者從南洋語言流入的，例如：キセル（kiseru、煙管）、サラサ（sarasa、蠟染布）等等。

凡是文化交流，很少有單方面的；顯然當年葡萄牙人也受了日本文化的影響。葡語中至今有個單詞叫biombo，乃源自日語屏風（byobu）的。在日本屋子裡，用來割開空間或者避風的屏風，歐洲人覺得既新鮮又實用，何況日本畫家在屏面上畫的圖案，由他們看來充滿著異國情調。結果，在當地文化中占據了永久性位置。

有趣的是，十七世紀日本人自己也生產了一系列「南蠻」主題的屏風：乃在跟房門一般大的屏面上，畫著「南蠻船」在浪濤澎湃的大海上航行，穿著豪華衣服的甲必丹登陸日本時，被穿著黑色長袍的耶穌會士迎接，一同去京都「南蠻寺（教堂）」的場面。也有的顯示：船員出售種種「南蠻文物」，包括中國產絲綢、印度或東南亞產布料、棲息於熱帶地區的動物、產於南方島嶼的香料等等給日本人。「南蠻屏風」就是此類當年在日本大受歡迎的繪畫屏風，其技法是日本的，主題倒是「南蠻」的，部分顏料好像也是舶來的。總體而言，充滿著「大航海時代」的國際風情。

我第一次看到「南蠻屏風」是在「南蠻人」的故鄉葡萄牙。一個日本朋友的父母親，提早退休以後移居里斯本。我去拜訪他們，被介紹到當地美術館去，看到了好幾個「南蠻屏風」。那是一九九〇年代初的事情。當時，日本政府正推行所謂「銀色哥倫布計畫」，鼓勵退休人士去葡萄牙、西班牙度過晚年。眞正移民過去的人沒有多少，我那朋友的父母親也過了十年就回日本過眞正的晚年了。不過，當初日本社會的反應確實相當強烈。其中一個原因，相信是「銀色哥倫布」的名稱取得頂好，一聽就引起關於「大航海時代」的種種想像，激起日本人的「南蠻情結」。朋友的父母帶我去參觀的「南蠻屏風」，在黑地上用金粉畫出華麗的場面，題目是永遠浪漫的航海和異國文化，簡直可說是日本人對外國憧憬的結晶。畫裡除了主角葡萄牙人以外，還有非洲黑人、印度人、馬來人等，猶如馬戲團空中表演一般的倒吊在船帆上頭，強調整幅畫的異國情調。

今天，神戶市立博物館、東京三得利美術館、永青文庫（原九州諸侯細川家寶物館）等幾個地方都收藏著「南蠻屏風」作品，乃江戶初期大爲出名的狩野派畫匠畫的。天主教被禁止後，畫裡的宗教因素被除掉，久而久之，從當初的寫實變成了幻想。在後期的作品裡，看到日本人跟「南蠻人」一起跳舞歡樂的場面，我忽而理解：原來在日本人的印象中，「南蠻人」是一種外來神，「南蠻船」則是載滿舶來寶物的寶船。果然，跟小時候的聖誕節一般，令人長久懷念，永遠也忘不了。

長崎之旅

二〇一四年春天，我終於去了一趟長崎。

位於日本群島最西端，長崎是從東京最難到達的地方之一。說實在，長崎離上海比離東京近的。所以，二十世紀前葉，曾有上海——長崎定期輪船的往返，長崎人說：「去上海穿著木屐也行，去東京則非得交杯酌水作別不可」。穿木屐是日本人在家附近隨便走走的比喻，當要眞正出門就得改穿皮鞋繫好鞋帶了。我以往從東京坐飛機去過多次上海，每次都飛過的長崎，這回終於著陸了。

大家都愛慕故鄉。但是，長崎人對家鄉的愛是明顯突出的。有一本書叫做《長崎深入指南》（Nagasaki Insight Guide），乃全彩色共四百一十五頁既美麗又充實的一本，售價一九〇五日圓。一看就知道，製作費肯定花費更多了。怎能划得來？果然，書尾登著三百八十個出資者的照片和姓名，好比是《賽德克．巴萊》末尾長長的「天使」名單。除了長崎以外，哪裡會有這麼多市民願意自己掏腰包去出版美麗的旅遊指南書？

打開長崎的歷史年表，我不禁吃一驚，因爲這座城市的歷史，竟然是一五七一年葡萄牙船第一次入港開始的。正如，台灣史的第一行寫著：在台灣海峽上航行的葡萄牙人，看到樹木繁茂的孤島，叫了一聲「美麗島！」然後，長崎一時成爲天主教耶穌會領地，「四個少男」向羅馬梵蒂岡出發回來，來回都經過澳門停留在遠東的傳教中心聖保祿學院。豐臣秀吉掌權後收回長崎，放逐了外籍傳教士。一五九七年，由他命令，處決了共二十六名外國和本地的天主教徒，他們後來被梵蒂岡列爲聖人。

自澳門啓航的葡萄牙船，最後一次入長崎港是一六四七年的事情。當時，德川幕府已採取所謂「鎖國」即海禁政策；在歐洲國家當中，只有信仰基督教而不積極傳教的荷蘭人被允許來長崎做貿易。荷蘭船的船員也不可以自由活動，非得留在「出島」，即當初爲了叫葡萄牙人居住，在長崎半島前方的海面上人工修建的監獄般小島裡。

過去一百五十年，長崎港內一直進行填埋工程，直到連「出島」本來在哪裡都搞不大清楚了。幸好，近年隨著世界文化遺產熱潮，重視歷史成了潮流，當地政府復原「出島」並修成博物館，介紹當年荷蘭人在「出島」裡過著什麼樣的生活（照片㉙）。

看看描繪當年「出島」生活的繪畫，挺充滿異國情調的。例如，穿著洋服的荷蘭人自己揮刀宰牛烹飪，用西式桌椅和刀叉碗杯，享用著西餐和洋酒：湯水、燒肉、烤鴨、蛋糕、金酒。旁邊除了有色人種的僕人服侍以外，還有穿著華麗和服的日本遊女陪伴。她們是極少數被允許進入「出島」並且過夜的日本人，在部分繪畫裡，還抱著小娃娃，該是跟荷蘭人之間

照片㉙｜近年，長崎縣政府復原「出島」並修成博物館，展覽出荷蘭人以及為他們服務的非亞人士當年在這裡過了甚麼樣的生活。

生下的混血兒。長崎至今流傳著據說受了外國菜影響的風味大餐叫「桌袱料理」，可見當年日本人看大桌上攤開的桌布覺得很特別。至於菜餚，大概是通過被邀請參加宴會的官吏、翻譯等傳播到外面社會的。

繼續看看繪畫，有人在外頭打羽毛球。看膚色似是馬來人，不過是從荷蘭殖民地過來的，稱作印尼人也許更合適吧。查一下羽毛球的歷史，原來發源於英國殖民下的印度，一八七〇年代才傳播到英國的。果然，這種運動項目流行起來，亞洲比歐洲還早。至於宗主國的荷蘭人，繪畫裡熱中地打桌球，也享受地聽著僕人演奏的西方音樂。

江戶時代的長崎也有「唐船」即中國和東南亞船來做貿易。一六八九年以後，「唐船」船員也非得留在長崎市內的「唐人屋敷」裡了。長崎聞名全日本的異國情調，就是「出島」的荷蘭人和「唐人屋敷」的華人所帶來的。德川幕府統治日本的兩百多年，長崎是國內唯一通往西方和中國的窗口，在日本其他地方接觸不到的外國物品和文化，都集中在這座小城。

例如砂糖；當年是外國船運來的舶來品，通過長崎傳播到九州各地，沿途產生了多種特色甜點，今天這條路被稱爲「砂糖之路」。還有玻璃；據說是「唐人屋敷」的中國人傳授的製作技術。叫ビードロ（bidoro、源自葡文vidro，即玻璃）的手工玩具，乃通過細管吹氣使玻璃片震動出聲的。江戶時代著名的浮世繪畫家喜多川歌麿的作品中，就有美女吹著玩耍的場面，直到今天都是來了長崎就不可不買的特產品。又或者說玳瑁製品；江戶時代的長崎，有好多家專門店，其中一七〇九年開張的江崎玳瑁店是全日本最古老的一家，至今仍在營業中。諸如此類，長崎壟斷了好多種充滿異國情調的奢侈品市場。

翻看著愛故鄉愛到家的長崎人共同出版的美麗指南書，可知當地人最感驕傲的歷史階段就是明治維新（一八六八年）前後。一個原因是長達兩百多年的禁教、鎖國政策，無情地勾銷了當地人對天主教、對「東方羅馬」的記憶。結果，跟地層一般重疊的長崎歷史，連在當地人的意識裡也只留下最上面的一層，而那又是一九四五年夏天原爆破壞一切之前的最後一層。

十九世紀中葉，英國、美國、荷蘭、法國等西方國家，都有人趕來新開放的亞洲城市要碰碰運氣。日本方面則有想要取得先進知識的年輕人，紛紛來長崎向外國人求學。當時在中國大陸，清朝已經在鴉片戰爭中失敗而逐漸淪落爲半殖民地狀態。年輕一代的日本武士們，視之爲他山之石，恨不得快點推翻德川幕府而建設能跟歐美列強相比的近代國家。爲此目的，他們從日本各地蜂擁而來長崎「遊學」，要吸收英語、軍事、醫學等方面的知識。即將在明治維新前與幕府的鬥爭中起大作用的武士坂本龍馬、勝海舟、三菱財閥創始人岩崎彌太郎，如今在一萬日圓鈔票上印著肖像的慶應大學創始人福澤諭吉等，都在當年的長崎留下了足跡。

之後，日本終於向全世界打開國門，鄰近新首都東京的橫濱港、鄰近商都大阪的神戶港等越來越發達，使得長崎作爲國際港的地位從此一路滑下坡。這一點，也跟香港開埠以後澳門的處境挺像的。果眞是雙胞胎！

日本最古老的唐人街

日本的三大唐人街位在橫濱、神戶、長崎。其中老大無疑是長崎了。

從往昔一直有人從中國大陸坐船來日本，九州各地至今有不少叫唐人町的地方，可謂人文證據。一五七〇年，長崎在耶穌會的要求下開埠以後，除了葡萄牙船、荷蘭船來做貿易以外，還有浙江、江蘇、福建、廣東以及東南亞各地的華人商船，運來了絲綢、中藥、砂糖等高價商品，日本人根據啓航地分別稱爲「口船」、「中奥船」、「奥船」。據說，十七世紀初，一年裡來長崎的唐船竟多達兩百艘，當年長崎人口共六萬當中，有一萬是華人。一六八九年起，德川幕府要求來崎華人集中住在「唐人屋敷」。如今位於新地町的長崎唐人街，本來是爲了保管唐船帶來的貨物，在「唐人屋敷」對面的海面上塡埋土地而蓋了一排倉庫的地方。

從江戶時代中期到後期，約兩千名華人，在比「出島」大三倍，共有九千三百六十三坪的「唐人屋敷」裡，拜媽祖、觀音，過著由日本人看來充滿異國情調的中國式生活。果然，長崎人的風俗習慣裡，至今有很多明顯是受了華夏文化影響的。例如，春天放的風箏、已有三百五十年歷史的龍舟賽、起源於重陽節的「九日」廟會時跳的蛇舞、彈著月琴用唐音歌唱的明清樂。還有，每年仲夏日本其他地方都過佛教盂蘭盆節的時候，偏偏長崎有放「精靈船」即「彩舟」的習俗，頗像台灣基隆人過中元節的規矩。在長崎，人們去掃墓，也順便放火花、鞭炮，教其他地方的日本人聽了之後不禁目瞪口呆，還受盡文化震蕩。

今天，長崎市內有崇福寺、福濟寺、興福寺等中國寺院，分別為閩北、閩南以及三江（浙江、江蘇、江西）社區服務。三個寺院開創於江戶初期的一六二九、二八、二〇年。那是德川幕府嚴厲取締天主教，要求所有日本人到佛教寺院註冊的年代。顯然，旅日華商為了不讓當地官吏疑惑，主動建設佛寺的。不過，也有人說，凡是「唐船」都載著媽祖像，到了長崎後，就需要把它移到陸上廟宇去拜拜，所以長崎的「唐人寺」都起源於媽祖堂。總之，如今日本政府指定的國寶中，位於九州島的只有六件，其中兩件都屬於長崎崇福寺，可見當年華人蓋寺廟所費的心思和金錢多麼大。工藝精細華麗至極的第一峰門是在寧波做好後運到日本來裝的（照片㉚）。另外，從上海運來的興福寺琉璃燈也非常精緻，果然被長崎市政府指定為文物了（照片㉛）。

我去崇福寺那天，境內正舉行著普渡儀式：在方桌上擺著全雞、全魚、豬肉等供物，和尚念經，眾人則燒銀紙。這是我在日本第一次看到的普渡儀式，感到很新鮮（照片㉜）。不過，後來聽在境內做清潔的婆婆講：那是給日本遊客看的，真正的普渡規模大多了，從日本各地來的華裔善男信女多得人山人海呢。

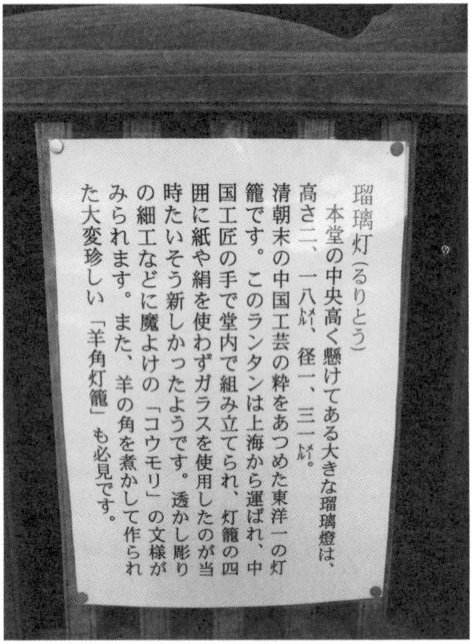
瑠璃灯（るりとう）
本堂の中央高く懸けてある大きな瑠璃燈は、高さ二、一八㍍、径一、三一㍍。
清朝末の中国工芸の粋をあつめた東洋一の灯籠です。このランタンは上海から運ばれ、中国工匠の手で堂内で組み立てられ、灯籠の四囲に紙や絹を使わずガラスを使用したのが当時たいそう新しかったようです。透かし彫りの細工などに魔よけの「コウモリ」の文様がみられます。また、羊の角を煮かして作られた大変珍しい「羊角灯籠」も必見です。

左上照片㉜｜長崎崇福寺舉行的普渡儀式，在日本甚少見到。

左下照片㉚｜九州僅有的六件國寶中，居然兩件都在長崎崇福寺，其中之一「第一峰門」是在寧波做好後運到日本來裝的。

右照片㉛｜從上海運來的興福寺琉璃燈非常精緻，被長崎市政府指定為文物了。

Chanpon和唐墨

揚名日本全國的長崎風味Chanpon和皿烏龍（さらうどん、saraudon）都來自長崎四海樓餐館。福建福州人陳平順，一八九二年單槍匹馬來到長崎，先投靠親戚經營的益隆號商行，後來自行經售布料存資本，一八九九年四海樓餐館開張。他不久就娶日本媳婦而落地生根。一九〇五年左右，四海樓的什錦海鮮湯麵已以Chanpon之名爆紅，長崎的其他中餐館也紛紛推出同名商品。皿烏龍則是油炸過的細麵上澆了勾芡全家福的，跟Chanpon是一濕一乾的關係。一九一三年，孫中山訪日，到東京等地演說後，要從長崎坐船回中國之前，當地華僑爲他舉行了歡送會；在福建會館七十人參加的酒席，就是由四海樓包辦的。現在，第四代老闆陳優繼當總經理，他有一本著作《Chanpon和長崎華僑》。

Chanpon和皿烏龍，可以說跟日式拉麵一樣是源自日本的中式麵點。雖說是華人開發出來的，但都是爲了迎合日本人口味而做了調整。如今在東京等地有了源自長崎的連鎖Chanpon和皿烏龍專門店叫「Ringer Hut」，乃以紅色三角屋頂洋房爲標誌的。賣長崎風味中餐的館子爲何取西洋名字呢？原來Frederick Ringer是一八六〇年代經過中國廣州來長崎的英國籍實業家，他生前住過的房子，至今在長崎的老洋房博物館「Glover Garden」裡保存下來，乃在當地人人皆知的著名建築。在一般日本人的印象中，長崎獨有的異國情調，就是西洋文化和中國文化相混雜而成的。於是賣日式中餐的館子取西式字號用西式標誌，恰恰投合日本人對長崎之想像。

那麼，「唐墨（からすみ、karasumi）」即烏魚子呢？在日本，肥前國（長崎舊名）的「唐墨」，從江戶時代以來，跟越前國的海膽和能登國的海參腸子一同被譽爲三大海珍。也就是說，在日本，烏魚子向來是長崎的土特產，其他地方幾乎沒有。至於歷史，則傳說一五八八年豐臣秀吉來長崎的時候，第一次品嘗了此類食品而非常喜歡，問了招待他的當地官吏鍋島直茂這種食品叫什麼？鍋島爲娛樂首長，當場想出來「唐墨」這麼個花名，使得秀吉更樂不可支了。雖然是挺有趣的歷史插話，但傳說歸傳說，始終沒有文獻證據。一六〇〇年左右完成的《南蠻料理書》裡，也出現一種船來食品叫「唐墨」。然而，看看做法，卻是用米粉和砂糖做的甜點；這種「唐墨」至今在日本中部的岐阜縣岩村町有老字號點心鋪製造出售，可惜就不是烏魚子了。

長崎有不少「唐墨屋」，即烏魚子專門店。其中最老的一家叫高野屋，創始於一六二〇年，現任老闆是第十三代子孫了。高野屋的烏魚子，一對賣五千到一萬日圓，比台北迪化街昂貴一倍，比南部廠家則貴好幾倍了。果然，高檔商品裝在桐木盒子裡，好比跟古董茶具一般，或者說日本最高級的夕張甜瓜。長崎「唐墨」的做法基本上跟台灣烏魚子一樣。據中文史料，高野屋創業的年代，台灣已經有大陸漁民專門來捕烏魚，爲的是加工成烏魚子以高價出售，未料被新來的荷蘭東印度公司徵一成稅。根據中國中央電視台的美食節目《舌尖上的中國》，如今烏魚子是台灣土特產，似乎在大陸做烏魚子的傳統早已斷絕了。總之，這種海珍在東亞地區的歷史，只能追溯到大航海時代。然而，到了歐洲地中海沿岸，其歷史竟能追溯到羅馬帝國時代去。即使在今天，西班牙、義大利、希臘、土耳其等國家都生產跟台灣、日本一模一樣的烏魚子，於是讓人推想：也許就是大航海時代的歐洲人把地中海美食傳播到東亞來的。

重遊澳門

從來沒聽說過澳門產烏魚子。難道澳門海域沒有烏魚嗎？

一九九九年回歸中國以後的澳門，仍有葡萄牙著名的鱈魚乾、辣香腸、微微發泡的綠葡萄酒、剛出爐熱騰騰的蛋撻，以及受了東非、印度、馬六甲等原殖民地影響的非洲雞、咖哩螃蟹等。另外，當然還有本地粵菜，當地產鹹魚、蠔油等加工品也頗有名氣。澳門的伙食生活豐富多采加上水平高，就是沒有烏魚子罷了。據說，雖然世界很多地方都有烏魚，魚群來台灣沿岸的季節裡，恰巧母魚的肚子是最大的，結果醃好的烏魚子吃起來也最可口。

我曾經旅居香港的日子裡，去過幾次澳門。二〇一四年八月重遊，跟上一次去度假相隔十七、八年了。這些年，澳門除了回歸中國以外，還被列入世界文化遺產名錄，而「威尼斯人」等附設賭場和商場的大規模度假飯店也開張了。果然，遊客名副其實地湧來，其中絕大多數是中國人。

酷夏裡舉家來亞熱帶原殖民地旅遊的大陸遊客們，坐滿著這座小城的中心議事亭前地，實實在在無立錐之地了。看旅遊書登的照片，這裡的地面應該是用葡式花磚鋪好的，記得以前來的時候確實那樣。可是，被疲倦冒汗的遊客們占住後，根本看不到磁磚的花樣了。我更注意到一個農民模樣的年輕母親，在廣場一個角落幫她兒子拉下褲子。天！世界文化遺產的招牌帶來過多遊客，結果跟本來的意圖正相反，加速了遺產的破壞。我在義大利翡冷翠、馬來西亞馬六甲都看見同樣景象。但是澳門地方特小，而且離中國太近了，所以破壞速度特別快，程度也特別嚴重。

「前地」是「廣場」一詞的澳式中譯，議事亭前地四周有原統治者葡萄牙人留下的公家大樓，包括粉刷成白色，散發著崇高優雅氛圍的仁慈堂！這裡就是東亞歷史上最古老的天主教慈善機構了，跟在長崎的短命姐妹組織不同，自從一五六九年創立到今天，成功地經過主權轉移，一直推展慈善活動。如今成爲世界文化遺產之一的仁慈堂大樓，在其四百五十年的歷史中，改建過幾次。現在的大樓是十八世紀中葉修建的巴洛克式建築，十九世紀末改裝時採用的新古典主義外觀保持到今日。買票進樓上的博物館參觀，展覽品以天主教祭器爲主，幸虧遊客不多，否則木造的內部結構會很快就給糟蹋了。這正是在隔壁的民政總署裡發生的悲劇。位於大樓盡頭的葡式花園裡，有花圃、該國著名詩人賈梅士的半身石像，以及噴水池。水池後方的壁面上裝著一對西式獅頭，據說左邊是祥和之泉，右邊是邪惡之泉；我去的時候，右邊獅頭壞掉了沒出水。該不會是誰故意弄壞了邪惡之泉吧。可是誰都能免費進去的地方，各種遊客都會來，始終排除不了個別不懂事的傢伙鬧著玩走上去拍照等。總之，破壞文物太容易了，尤其對不懂其價值的群眾而言。

眾遊客們來澳門的目的，估計是看世界遺產、賭錢、嘗小吃。在一條小巷裡，好多人站著吃咖哩味黑輪，B級得很呢。至於文化遺產，大多數人專門看免費的。人家對天主教或殖民地遺產也似乎沒興趣。所以，只要小心選擇景點，並不是哪兒都是人山人海。說實在，一天能參觀三十來個文化遺產的城市，全世界都沒有幾個。就這一點而言，澳門地方小算是優勢。

澳門的葡萄牙式天主教堂個個都裝修得特別精緻。全中國第一座西式劇院則好比高級西點店的聖誕蛋糕一樣華麗。看來，葡萄牙人對淡黃、薄荷、玫瑰等顏色有偏愛，整座城市美得猶如蠟筆盒子。

大三巴和日本人

從前來澳門的時候，我沒有仔細看過歷史遺產。當時還年輕不懂事，最關心的永遠是自己的感情生活。幸虧，年紀大了，自然會多多少少成熟起來。這回一處又一處地參觀，不能不發現：長崎十六世紀末曾擁有，卻在十七世紀初的禁教風波裡失去的東西，這裡倒很多都保留到今天。比如說，仁慈堂、教會附屬印刷廠等比比皆是。

如今成為澳門象徵的「大三巴」本來是一五八〇年奠基的聖保祿學院前壁，乃兩次失火燒掉了整個大樓以後，唯一留下的遺跡（照片㉝）。耶穌會創辦的聖保祿學院是東亞最早的西式大學，除了給亞洲學生傳授西學、神學以外，還對即將要進入中國大陸傳教的歐洲修士們傳授了中文以及有關中國文化的知識。其中最有名氣的非利瑪竇莫屬。據說，被豐臣秀吉、德川家康放逐出來的日本信徒們也參加了聖保祿學院和附屬天主堂的建設工程。可見，當姊妹城市長崎遭受迫害之際，澳門不僅擔當避風塘的角色，而且給日本信徒們提供了繼續發揚天主教信仰的機會和場地。當年被放逐到澳門來的日本信徒們，總共達幾百名之多。

有位英國出身的旅行家名叫比特・滿地（Peter Mundy），一六三六年從英國啓航，經

照片㉝｜澳門的象徵大三巴。16，17世紀從日本被放逐出來的信徒們，來澳門參與了聖保祿神學院的建設。部分日本殉教者的骨灰也長期埋在地下；1990年代，澳門回歸中國前夕，葡澳政府挖掘出來送回了長崎。

過印度果阿，第二年便抵達了澳門。他在此地逗留幾個禮拜，其間留下了文字紀錄和素描，後來以《The Travels of Peter Mundy》之書名，在倫敦出版了。他說，澳門聖保祿天主堂的圓屋頂，是自己看過的教堂中最美麗的一個。他在澳門也看到了日本武士。據他畫的素描，他們穿著和服和草鞋，腰邊帶著日本刀，把頭髮剃掉一半，剩下來的一半則梳成小小的髮髻。他觀察到，當年旅居澳門的日本人，有的當貿易船的保鏢，有的從事教堂和私人住房的警衛，也有些做石匠、木匠等。估計是那些匠人參與了聖保祿學院的建設。

滿地也應司祭之邀，去參觀了華人教徒小孩子們演出的戲劇，果然以聖方濟各・沙勿略的生涯爲主題的。一五四九年到日本傳教的第一名耶穌會士沙勿略，生前希望到中國去傳播福音，可是一五五二年在澳門西南方的上川島上瞑目，畢生沒踏足於澳門，更不用說中國大陸了。儘管如此，他的故事，在澳門信徒之間以傳說的形式傳承下來。

一五八二年由長崎出發往羅馬見教皇的少年使節，也在去路和歸路，曾經兩次停留在澳門，其中三名後來更正式入聖保祿學院讀了神學。一六一四年，德川家康下令放逐全部天主教徒的時候，原屬於少年使節的原・馬丁諾就遷來澳門，繼續從事日文圖書的印刷出版；據說，他語言能力特別強，拉丁文運用得非常好。日本第一台印刷機就是少年使節從歐洲帶回來的，第一部外文辭典《日葡辭書》也是耶穌會士編撰的。可見，當年天主教對日本文化的影響多麼大，統治者感到威脅也不無理由。原・馬丁諾一六二九年在澳門去世，遺體就被埋在大三巴底下。

一九九〇年代，即將放棄這塊殖民地的葡萄牙政府，對大三巴下面的納骨堂進行考古學調查，挖掘出來多名神父、修士的遺骨和宗教祭器，如今修成博物館公開於世。在那兒，光是日本教徒的遺骨就有好多具，其中不少更屬於殉教者，顯然死後由兄弟教徒們老遠運到澳門來埋葬的。

路環島聖方濟各教堂

日本平戶、山口、鹿兒島等地方都有聖方濟各教堂。馬來西亞馬六甲的聖方濟各教堂，我也去過了。澳門路環島的小教堂，也擁有同一個名字（照片㉞）。

從澳門半島南部坐半個鐘頭的巴士到路環島，中途經過威尼斯人等等巨大的賭博遊樂飯店，以及正在建設中的巨大工地。此地經濟的發達，顯然在不小程度上依靠著大規模的建築工程。經濟效果該很大，但一看就不是長期「可持續」（sustainable）的，似乎跟時代的要求不對頭。相比之下，我們下榻的路環島竹灣酒店，晚上去用餐的聖方濟各教堂前地雅憩葡國餐館，另一天買票去戲水的公營竹灣泳池等，都既小又樸素得簡直跟華麗旅遊區屬於兩個不同的世界、不同的時代。說實在，葡萄牙殖民地時代和回歸中國以後，澳門幾乎是兩個地

照片㉞｜澳門路環島的聖方濟各教堂，塗成淡黃奶油色的外表很可愛，果然引起不少當地新人來拍照

方了。不過，懷念過去那可愛殖民地的，也許只有傷感的外來遊客吧。單單路環島至今保持著南歐漁村兼華南小鎮的風情，就得感激上帝的恩賜了。

路環島保持漁村小地方的氛圍，一個原因是：直到二十世紀初，這裡不曾屬於澳門，反之屬於中國廣東省香山縣，而且在林瓜四等海盜之占領下。據說，他們絕不劫當地漁船，而專門劫洋船的，還把綁票、販賣軍火賺來的戰果，慷慨地分給當地老百姓，稱得上是劫富濟貧的豪傑，對維持治安也很有貢獻，理應獲得居民的支持。然而，辛亥革命前夕的一九一〇年八月四日，葡萄牙政府以取締綁架了教徒學生的凶手之名義，由澳門派兵來，不僅抓捕了林瓜四一夥人，而且破壞了村莊。從此路環島終於在葡萄牙人統治下了。也就是說，路環島被併入澳門是才一百多年以前的事。

一九九〇年代，我從香港去澳門路環島度假，意外地發現了土法製造木製船舶的造船廠、已關門的鞭炮廠、現做現賣鹹魚的攤子等等，漁村風情實在濃郁。這些年，歐洲出身的蛋撻店老闆在公車站附近開了西式簡餐店，村莊的氛圍稍微時尚化了。

據說，直到一九六〇年代，澳門人口的三分之一曾是漁民，而且是以漁船為家的水上人。以前也叫他們爲蛋家，因爲人家住的船形狀看起來像把雞蛋剖開成兩半的樣子。如今，他們都在岸上住，生活品質相信改善了吧。懷念舢板密集於避風塘的風情，也恐怕是遊客的傷感而已。跟漁業息息相關的造船業，曾是澳門重要工業之一，很可惜也逐漸衰退了。

位於路環村莊中心的聖方濟各天主堂，建於葡萄牙占領後的一九二八年，蛋黃奶油色的外觀、天藍色的內牆都特別可愛。這裡本來有爲葡兵、葡籍官員開設的小禮拜堂，後來有修道院經營的育嬰院，收養被水上人家遺棄的女嬰，之後才改建成天主堂的。這座小小的天主堂，曾接納過聖方濟各遺骨的手腕部分，當時是全亞洲唯一安放聖遺骸的教堂，因此每年的聖方濟各日，都有來自菲律賓、韓國、馬來西亞、日本等地的天主教徒來參拜，有時人數多達三千名。現在，聖遺骸已經移到澳門半島的聖若瑟聖堂裡。

一五九七年，在豐臣秀吉的命令下，在日本長崎給處決殉教的二十六名聖人之遺骨，亦曾保管在此處。禁教時代，把信徒遺骨帶出國都是冒生命危險的。一九九五年，葡萄牙從澳門撤退的前夕，那些遺骨終於送回日本，如今被安置於長崎的二十六聖人紀念館。也就是說，他們的遺骨在澳門待了四百年，可見長崎和澳門的姊妹關係直到近年都沒有斷絕。

路環島的聖方濟各天主堂裡，除了耶穌基督和聖母以及沙勿略等聖人的肖像以外，還掛有地圖畫著耶穌會士從歐洲出發，經東非、印度、馬六甲海峽，來到澳門、長崎的路途（照片㉟）。裡面還有天后媽祖抱著嬰兒的繪畫。有人說那是聖母瑪利亞，可是在畫的左上方，明顯寫著「天后聖母」四個字。那形象跟江戶時代日本平戶的潛伏天主教徒們崇拜的「瑪利亞觀音」頗爲相似。顯然在庶民眼睛裡，慈悲母親的形像超越國境，呈現出極其相似的模樣。總之，天主教堂裡公開展示異教神仙的肖像，該很少見吧。

天主堂前方的廣場中間有一九一〇年驅逐海盜的紀念碑，那是以葡萄牙統治者的立場而言的，當地老百姓的意見也許是另外一回事了。

日暮後，我們就在聖方濟各教堂廣場邊，半露天的雅憩葡國餐館吃飯（照片㊱）。這兒是我夢想了多年，非得有生之年再來不可的老地方。晚上的教堂廣場裡，有很多不知道從哪裡冒出來的男女老少，像是當地人的樣子。澳門屬於亞熱帶，夏天晚上出來在戶外活動就覺得很舒服。小朋友們在廣場上嘻嘻笑著玩捉迷藏，大人們則站著直接喝啤酒罐頭冷飲聊聊天。本來就很可愛的小教堂，這時被暖色的電燈照明，顯得更加美麗了。入口處掛的牌子上寫著「請不要自行進入教堂裡拍攝結婚照」，我很能理解當地新人們想要來這裡拍紀念照的心理。率先到亞洲傳教的聖方濟各．沙勿略，升天以後成爲了東方地區的守護神。在路環島的教堂裡，不僅有他，還有天后媽祖。東西雙方的男女聖人攜手保佑起我們的新人來，該無比強吧。

講回雅憩葡國餐館的晚餐，我們跟從前一樣點當地俗稱「波羅白」的葡萄牙產綠酒一瓶、蒜茸麵包、燒沙丁魚、炸馬介休（乾鱈魚）球、烤青口、咖哩螃蟹。以前聽到澳門名菜有咖哩螃蟹和非洲雞，我都想不通究竟是怎麼回事。這些年，一點一點地走了「南蠻船」的路線，才曉得：當年由歐洲最南端的葡萄牙啓航的冒險者當中，有爲數不少的猶太裔人士尋找安息之地，他們中途在非洲莫三比克和印度果阿以及馬來半島馬六甲找上當地出身的船員，以越走越多元化的文化結構，最後經澳門抵達了日本長崎的。過去五百年，「南蠻文化」迷住了包括我在內的很多日本人，其本質，好像可以說在於其混血性，換句話說就是世界性了。

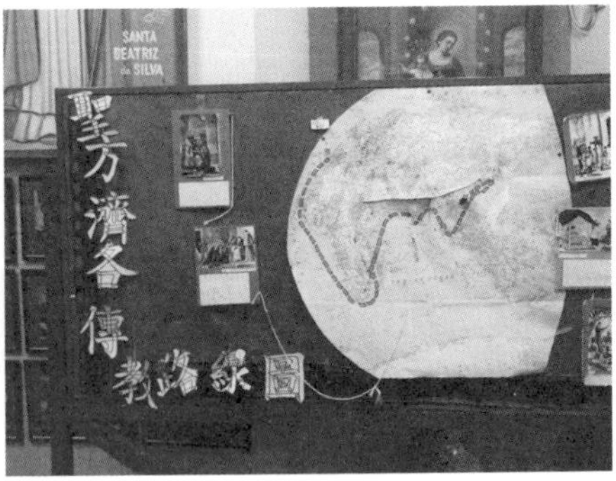

右照片㉟｜路環島聖方濟各教堂內掛的地圖，顯示聖方濟各從歐洲經非洲，印度，馬六甲，終於抵達東方的路途。

左照片㊱｜教堂前廣場上的雅憩葡裏供應葡萄牙，非洲，印度，中國等地的美味。

國家圖書館出版品預行編目資料

旅行，是爲了找到回家的路 / 新井一二三著. ——初版——臺北市：大田，民104.7
面；公分.——（美麗田；144）

ISBN 978-986-179-401-3（平裝）

861.67 104007238

美麗田；144

旅行，是爲了找到回家的路

新井一二三◎著

出版者：大田出版有限公司
台北市10445中山北路二段26巷2號2樓
E-mail：titan3@ms22.hinet.net http：//www.titan3.com.tw
編輯部專線：（02）2562-1383 傳眞：（02）2581-8761
【如果您對本書或本出版公司有任何意見，歡迎來電】
法律顧問：陳思成

總編輯：莊培園
副總編輯：蔡鳳儀 執行編輯：陳顗如
行銷企劃：張家綺/陳慧敏
校對：黃薇霓/新井一二三/金文蕙
印刷：上好印刷股份有限公司（04）23150280
初版：二〇一五年（民104）七月一日 定價：280元
國際書碼：978-986-179-401-3 CIP：861.67/104007238

From：地址：

姓名：

廣告回信
台北郵局登記證
台北廣字第01764號
平信

To：大田出版有限公司 （編輯部）收

地址：台北市10445中山區中山北路二段26巷2號2樓
電話：（02）25621383 傳真：（02）25818761
E-mail：titan3@ms22.hinet.net

＊請沿虛線剪下，對摺裝訂寄回，謝謝！

大田精美小禮物等著你！

只要在回函卡背面留下正確的姓名、E-mail和聯絡地址，
並寄回大田出版社，
你有機會得到大田精美的小禮物！
得獎名單每雙月10日，
將公布於大田出版「編輯病」部落格，
請密切注意！

大田編輯病部落格：http：//titan3pixnet.net/blog/

智慧與美麗的許諾之地

＊請沿虛線剪下，對摺裝訂寄回，謝謝！

讀　者　回　函

你可能是各種年齡、各種職業、各種學校、各種收入的代表，
這些社會身分雖然不重要，但是，我們希望在下一本書中也能找到你。
名字／＿＿＿＿＿＿＿ 性別 ／□女 □男　　出生／＿＿＿＿年＿＿＿月＿＿＿日
教育程度／
職業：□ 學生□ 教師□ 內勤職員□ 家庭主婦 □ SOHO族□ 企業主管
□ 服務業□ 製造業□ 醫藥護理□ 軍警□ 資訊業□ 銷售業務
□ 其他＿＿＿＿＿＿＿＿＿＿＿＿＿＿＿＿＿＿＿＿
E-mail/＿＿＿＿＿＿＿＿＿＿＿＿＿＿＿＿＿ 電話／＿＿＿＿＿＿＿＿＿＿＿
聯絡地址：
你如何發現這本書的？　　　　　　　書名：旅行，是為了找到回家的路
□書店閒逛時＿＿＿＿書店 □不小心在網路書店看到（哪一家網路書店？）＿＿＿＿
□朋友的男朋友(女朋友)灑狗血推薦 □大田電子報或編輯病部落格 □大田FB粉絲專頁
□部落格版主推薦＿＿＿＿＿＿＿＿＿＿＿＿＿＿＿＿＿＿＿＿＿＿
□其他各種可能 ，是編輯沒想到的＿＿＿＿＿＿＿＿＿＿＿＿＿＿＿＿＿
你或許常常愛上新的咖啡廣告、新的偶像明星、新的衣服、新的香水……
但是，你怎麼愛上一本新書的？
□我覺得還滿便宜的啦！ □我被內容感動 □我對本書作者的作品有蒐集癖
□我最喜歡有贈品的書 □老實講「貴出版社」的整體包裝還滿合我意的 □以上皆非
□可能還有其他說法，請告訴我們你的說法

＿＿＿＿＿＿＿＿＿＿＿＿＿＿＿＿＿＿＿＿＿＿＿＿＿＿＿＿＿＿＿＿＿＿＿
你一定有不同凡響的閱讀嗜好，請告訴我們：
□哲學 □心理學 □宗教 □自然生態 □流行趨勢 □醫療保健 □ 財經企管□ 史地□ 傳記
□ 文學□ 散文□ 原住民 □ 小說□ 親子叢書□ 休閒旅遊□ 其他 ＿＿＿＿＿＿＿＿
你對於紙本書以及電子書一起出版時，你會先選擇購買
□ 紙本書□ 電子書□ 其他＿＿＿＿＿＿＿＿＿＿＿＿＿＿＿＿＿＿＿＿＿＿＿
如果本書出版電子版，你會購買嗎？
□ 會□ 不會□ 其他＿＿＿＿＿＿＿＿＿＿＿＿＿＿＿＿＿＿＿＿＿＿＿＿
你認為電子書有哪些品項讓你想要購買？
□ 純文學小說□ 輕小說□ 圖文書□ 旅遊資訊□ 心理勵志□ 語言學習□ 美容保養
□ 服裝搭配□ 攝影□ 寵物□ 其他 ＿＿＿＿＿＿＿＿＿＿＿＿＿＿＿＿＿＿
請說出對本書的其他意見：